www.tredition.de

AF177574

Regina Richter

Erzählwege

www.tredition.de

© 2020 Regina Richter
Umschlaggestaltung, Illustration: Uta, Pihan
Korrektorat: Querner, Jörg, www.anti-fehlerteufel.de

Verlag & Druck: tredition GmbH, Halenreie 40-44, 22359 Hamburg

ISBN
Paperback: 978-3-347-09849-7
Hardcover: 978-3-347-09850-3
e-Book: 978-3-347-09851-0

Inhaltsverzeichnis

Kapitel 1: Kindheit...**7**
Die Geschichte von Großvater Maus......................... 9

Kapitel 2: Im Wald **15**

Kapitel 3: Der Tag **18**

Kapitel 4: Die Rückkehr des Vaters/ Basis (erzählt von Marie)...**30**

Kapitel 5: Die erste Variante der Geschichte: Anton geht, Marie bleibt (erzählt von Marie)35
Anton macht sich auf (erzählt von Marie)................37
Maries Leben (erzählt von Marie).............................64
Die Geschichte mit dem Wolf.................................... 69
Antons weiterer Weg (erzählt von Marie)...............86
Die Geschichte der kleinen Fee 88
Bei Familie Reichert (erzählt von Marie) 106
Die Geschichte von den Feldhamstern 115
Antons Heimweg (erzählt von Marie) 122
Der schwere Brief an den Bruder (erzählt von Marie)..128

Kapitel 6: Die zweite Variante der Geschichte: Marie geht, Anton bleibt (erzählt von Anton)...**133**
Marie bricht auf (erzählt von Anton) 134
Antons Entscheidung (erzählt von Anton) 147
Maries Erlebnisse (erzählt von Anton)...................150
Antons eigene Schritte (erzählt von Anton)..........163

Maries Veränderungen (erzählt von Anton).........170
Die Geschichte der Mäuse Naton und Miera.........176
Antons Werdegang (erzählt von Anton)...............187
Maries neuer Kurs (erzählt von Anton)................193
An Vaters Bett (erzählt von Anton)........................195
Die Geschichte des riesenhaften Mädchens...........204

Kapitel 7: Franz nimmt Einfluss 221

Kapitel 8: Die dritte Variante der Geschichte: Marie und Anton verlassen den Hof (erzählt von Marie) 237
Die Geschwister gehen fort (erzählt von Marie) ...241

Kapitel 1: Kindheit

»Auf sie mit Gebrüll!«

»Attacke!«

Ganz hoch oben in der Scheune, tief drinnen im warmen Heu duftet es nach trockener Sonne. Die unzähligen miteinander verhakten Halme geben knisternde Laute von sich, ganz gleich ob man vorsichtig versucht über sie zu schleichen, sie wild nach oben wirft, damit sie sich in den Haaren verfangen, oder man bäuchlings auf ihnen liegt und sich dabei ihre feinen Spitzen vorwitzig in die Haut hineinbohren.

»Heufresserchen!« Dem Bruder, zwei Köpfe kleiner, gelingt es, seiner großen Schwester eine Hand voll getrockneten Grases von hinten in den Kragen zu stecken.

Laut kreischend dreht sie sich zu ihm um, bekommt seine kleine Hand zu fassen, doch er lässt nicht locker, krallt sich noch ernsthafter fest. Wild entschlossen blickt er dabei drein, ganz so, als könne nichts und niemand ihn von seinem Plan abbringen.

Ihre Arme und Beine ineinander verkeilt, kullern sie übereinander her und liefern sich übermütige Schlachten, bewaffnet mit ausgedörrten, duftenden Grashalmen, die sie gleich Schwertern von sich recken. Die unbarmherzigen Duelle werden immer verschwitzter ausgetragen in einem Meer aus vergangenen Blüten, Gräsern und Blättern, die durch den Entzug von Wasser unsterblich gemacht wurden.

»Komm, Mieze.« An anderen Tagen wiederum ist dieser Ort gekennzeichnet von einer friedlichen Ruhe, die durch das Rascheln des Heus eher begleitet, denn unterbrochen wird. Meist sucht sich eine der vielen Hofkatzen hier oben behaglich schnurrend ihren Schlafplatz. Wie auf einem weichen Lager gebettet, ruhen die kleinen Kinderkörper neben dem eingerollten Fellknäuel auf luftkammergefüllten Heukissen, die Beine verschränkt, jeder einen zerkauten Grashalm im Mundwinkel. Eine kleine Luke oben im Scheunendach sorgt für Belüftung und manchmal, wenn sie sich in der Dunkelheit hier hochschleichen, offenbart ihnen dieses kleine Fenster einen winzigen Blick in einen glänzenden Himmel, der ihnen bereitwillig als Vorlage für ihre kindlichen Fantasiesprünge dient.

»Erzähl mir doch bitte eine Geschichte«, bettelt der kleine Junge seine ältere Schwester regelmäßig an. »Eine von deinen Mäusegeschichten.«

»Aber ich habe dir doch erst gestern eine erzählt«, ziert sie sich meist zunächst. »Jetzt bist du mal dran.«

Doch lange kann sie ihrem Bruder diesen Wunsch nie abschlagen, weder als kleines Mädchen noch als heranwachsender Teenager. Zudem hat sie selbst zu viel Freude beim Basteln der Geschichten und an dem Glitzern in seinen Augen, wenn er ihnen bedächtig lauscht. »Aber nur, wenn du mir nachher auch eine erzählst«, gibt sie den Startschuss. Obwohl sie ihm sein eifriges Nicken nicht ganz abnimmt, beginnt sie bereitwillig zu erzählen.

Die Geschichte von Großvater Maus

»Es war einmal eine Mäusefamilie, die wohnte hoch oben in einem Heuschober. All die vielen kleinen Mäuschen aßen die feinen, von der Sonne eigens für sie getrockneten Kräuter, die sie dort zuhauf fanden. Besonders aber liebten sie das allgegenwärtige Knistern des Heus, dem sie bei ihren täglichen Spielen die unterschiedlichsten Geräusche entlockten.

Großvater Maus erzählte den Kleinen immer, dass ihn das Rascheln hier oben an das Rauschen des weiten, blauen und welligen Meeres erinnerte, wobei er mit seinem Blick stets bedeutungsvoll in die Ferne schweifte. Er war keine gewöhnliche Hausmaus wie die anderen, musst du wissen, er stammte nämlich ursprünglich aus einer Gegend, die direkt am Meer lag.

Die neugierigen Mäusekinder wollten von ihm natürlich Geschichten über seine Zeit am Meer hören. Aufgeregt hüpften sie vor ihm auf und ab und so ließ er sich nicht lange bitten, denn er sprach ehrlich gesagt sehr gerne darüber. Oft erzählte er ihnen davon, wie er als Kind verbotenerweise des Nachts am Strand entlanggelaufen war.

Die Spuren seiner flinken kleinen Dribbelschritte zeichneten sich dabei im feuchten Sand ab. Eine dünne Rinne zwischen seinen Fußabdrücken in der Mitte zeugte von seinem langen dünnen Mauseschwanz, den er hinter sich herzog. Es gab nichts in seinem jungen Leben, das ihm mehr Spaß gemacht hätte, als am Strand, ganz nah am Wasser, herumzutollen, aber er wusste auch aus den Warnungen der älteren Mäuse, dass einem das Meer gefährlich werden konnte.

Zu manchen Zeiten des Tages kam das Wasser immer weiter nach vorne und fraß alles, was sich in seiner unmittelbaren Nähe befand. Sandburgen, einsame Badeschuhe, kleine Tiere, jeden Abdruck im Sand, alles verschwand in dem unheimlichen, riesigen Meeresbauch. Bei Wind oder gar Sturm konnte es hungrig auf einen zurollen und einem seine wilden Wellen entgegenschlagen. Das Wasser war im Stande sich blitzschnell nach vorne zu stülpen, um alles in seiner Reichweite zu verschlingen. Danach war man selbst mitsamt seinen Fußspuren für immer verloren.

Der kleine Mäuserich ängstigte sich vor dem gefräßigen Meer, doch gleichzeitig liebte er das große Wasser, wie es spritzte und seine weißen Schaumkronen stolz vor sich hertrug. Immer und immer wieder wagte er sich nahe heran.

Eines Nachts sprang der junge Mäuserich besonders wild vor dem Meer auf und ab, als wollte er es herausfordern, buddelte ein wenig und tapste übermütig umher. Das Meer hatte sich an diesem Tag für seine Verhältnisse bislang sehr gemäßigt verhalten. Selbst der Wind blies eher sanft und schien sich einige Male sogar gänzlich auszuruhen. Der Mäuserich dachte nicht einmal im Traum daran, dass heute Abend irgendetwas passieren könnte, das sein Leben für immer verändern sollte. Doch er irrte sich.

Mit einem Mal kam scheinbar aus dem Nichts mit einem Krachen ein Donner auf ihn zu, der sich wie ein großer, gigantisch lauter Atemstoß anfühlte. Der Wind gab all seine Kraft, die er sich bis dahin aufgespart hatte, in einem einzigen Grollen von sich und brachte das Wasser gleich mit sich. Nie zuvor hatte der Mäuserich eine derartig gigantische Welle erlebt.

In dem Moment, in dem er aufblickte, weil er ihre ersten Tropfen verspürte, brachen die Wassermassen auch schon über ihn herein und verschluckten ihn gierig. Der Mäuserich ruderte und strampelte verzweifelt um sein Leben. Ein paar Mal hatte er sogar das trügerische Gefühl, wieder an Land gespült zu werden. In Wirklichkeit aber zog es ihn immer weiter hinaus in Richtung offene See.

Bald waren seine kleinen Beinchen zu kraftlos, um weiter gegen den übermächtigen Sog anzukämpfen. Jetzt könnte man meinen, dass dies das frühe Ende des damals noch jungen Großvater Maus war, doch zum Glück war es das nicht.

Wie durch ein Wunder sah er neben sich aus den wütenden Wellen heraus etwas auftauchen. Es war gelb, tanzte wild auf dem tosenden Wasser und hatte die Form einer Plastikschaufel, wie Kinder sie zum Sandburgenbauen benutzen. Mit letzter Kraft gelang es ihm, sich im Vorbeitreiben an dem rutschigen Ding festzuklammern. Völlig erschöpft trieb er darauf bis in die Mitte des Ozeans, einer ungewissen Zukunft entgegen.«

»Und wie ist er dann wieder an Land gekommen?«, will der kleine Junge wissen, der seiner Schwester die ganze Zeit über gebannt an den Lippen gehangen hatte.

»Stimmt, es dürfte schwierig werden, den Mäuserich auf diese Weise noch zu retten«, denkt Marie laut für sich und schließt für einen Augenblick die Augen. »Dann muss es anders weitergehen. Ich setze noch einmal da ein, wo der Mäuserich versucht hat, wieder in Richtung Strand zu schwimmen. Pass auf:

Als er schon dachte, er könnte es nicht mehr schaffen, kam auf einmal eine Riesenwelle und schleuderte ihn auf den harten, nassen Strand zurück. Benommen rappelte er sich auf und schleppte sich glücklich und zugleich gedemütigt davon. In dieser Nacht beschloss der Mäuserich auf Wanderschaft zu gehen, um sich ein neues Zuhause zu suchen, so weit entfernt wie möglich von dem gefährlichen Meer, das ihn beinahe das Leben gekostet hätte.

So wanderte er durch verschiedene Länder, überquerte hohe Berge und fuhr sogar heimlich in Lastwagen mit, bis er endlich hier landete, in unserem Heuschober, dem trockensten Ort, den er sich auf der ganzen Welt vorstellen konnte, weit weg von dem großen, bösen Nass.

Und doch hörte der Großvater noch immer das Meeresrauschen in seinen Ohren. Trotz der einstigen Todesangst hallte es sehnsüchtig in ihm nach«, beendet Marie nun zufrieden die Geschichte und wendet sich an ihren Bruder.

»Jetzt bist du dran. Du musst auch etwas für mich erfinden.«

Der Kleine lacht über das ganze Gesicht. »Eine kleine Maus kam aus dem Haus und aus.«

Nach solchen fantastischen Ausflügen schweben die zwei Kinder auf dem Heu mehr als dass sie liegen und betrachten einen winzigen Ausschnitt des Universums durch ihr Dachfenster. Die beiden Geschwister trennen ganze fünf Jahre, doch trifft man selten den einen ohne den anderen an, Marie und Anton Reichert.

Der Hof der Familie Reichert ist nicht besonders groß, aber es gibt Tiere und schwere Fahrzeuge, Felder, die umgeackert, und Kartoffeln, die geerntet werden müssen, nicht zu vergessen die Arbeiten im Wald.

Der junge Hofhund Oskar, ein liebenswerter Labradormischling, leckt jedem Besucher die Hand, lediglich die Gänse melden Neuankömmlinge in wildem Radau bis zu dem Zeitpunkt, an dem sie ihrer endgültigen Bestimmung nachkommen.

Der Vater Franz arbeitet zusätzlich in der nahegelegenen Stadt, Mutter Carola kümmert sich um die Kinder und den Hof. Viele Jahre vergehen, in denen das Leben irgendwo dazwischen passiert.

Kapitel 2: Im Wald

»Anton, kannst du mit der Kettensäge die Baumstämme da hinten zerteilen? Ich entaste derweil den großen hier vorne«, ruft Franz seinem Sohn zu.

Anton ist mittlerweile achtzehn und liebt das Arbeiten im Wald. Das Knacken, wenn die Bäume gefällt werden, die erstaunliche Wucht, die sich entfaltet, wenn sie umstürzen und sich ihren Weg durch andere Bäume und das Geäst der Blätterkrone bahnen, ist beeindruckend. Dabei begraben und zermalmen die hölzernen Riesen kleinere Pflanzen und Tiere unter sich, die sich aufgrund ihrer festen Verwurzelung oder der eingeschränkten Perspektive in Richtung Himmel nicht rechtzeitig in Sicherheit bringen konnten. Nur jene, welchen es gelingt, Reißaus zu nehmen oder sich in eine Höhle, ein kleines Erdloch zu flüchten, bleiben am Leben, mitunter zugedeckt von einem tonnenschweren Stamm oder einer rauschenden Blätterkrone.

Wo auch immer man in diesem Stück Natur geht und steht, begleiten einen die unterschiedlichsten intensiven Gerüche, die einen benommen machen, so feucht und moosig und schwer.

Mit geübtem Griff zerteilt Anton die Baumstämme zum Abtransport. Die frischen Schnittstellen verströmen ihren eigenen unverwechselbaren, bisweilen sogar fruchtig anmutenden Duft. Hier in diesem Wald fühlt sich für ihn alles wie eins an.

Sogar der gestrige Streit mit Marie scheint weit entfernt. Was wohl urplötzlich in seine Schwester gefahren war? Angeblich hatte sie Antons Freundin mit einem seiner Freunde gesehen. »In eindeutiger Umarmung«, wie sie zu betonen nicht müde wurde. Er hatte ihr keinen Glauben schenken wollen. Daraufhin war sie förmlich an die Decke gegangen, schreiend, kreischend, unversöhnlich.

Zu Antons Leidwesen vertreibt die laute Säge, mit der er heute hantiert, die wilden Tiere, die er ansonsten nicht müde wird zu beobachten. Sogar im frühen Morgengrauen, auch gerne nach durchfeierter Nacht, harrt er bisweilen stundenlang auf dem Hochsitz aus. Diese zarten, zum Teil aber auch mächtigen Tiere, faszinieren ihn.

Sein Vater ist Jäger, aber er, der Sohn, will noch nicht schießen. Vorgestern im frühen Morgengrauen ist er erst noch mit seiner Freundin hier gewesen. Sie hatte vermutlich gedacht, er wolle sie auf dem Jägerstand zu etwas überreden, und immerfort nervös an sich herumgezupft. Erst nach mehrmaliger Ermahnung hatte sie endlich Ruhe gegeben. Wenigstens hatte Anton danach in einiger Entfernung noch ein Reh ausmachen können.

Marie ist ebenfalls bei der Waldarbeit dabei. Routiniert zersägt sie eine Baumkrone, entastet sie mit geübter Hand. Es sieht so aus, als bereite ihr dies alles keine Mühe. Als Nächstes müssen geeignete Tannen für den Weihnachtsverkauf markiert werden.

Dieses Stück Wald ist ihr Zuhause. Jahr für Jahr ist sie hier mit dem Vater bei der Arbeit, kennt die Bäume, weiß, wo es die schmackhaften Beeren gibt und an welchem Ort die besten Pilze zu finden sind.

Voll Sorge erkennt sie, dass der Borkenkäfer mit einigen Bäumen wieder einmal unbarmherzig umgesprungen ist. Es ist ihr, als wären die Bäume, jeder einzelne von ihnen, ihre alten Bekannten. Voll Mitgefühl spürt sie das stumme Leid der sterbenden Giganten, wenn sie langsam vergehen. Der weiche Untergrund gibt federnd nach und für einen winzigen Augenblick hat sie das Gefühl zu versinken, obwohl sie durchaus fest auf dem Boden steht.

»Dieser Hornochse von meinem Bruder«, denkt sie dabei an die gestrige Auseinandersetzung zurück. »Sieht den Betrug nicht, selbst wenn er direkt vor seiner Nase geschieht.«

Die Tage werden kürzer. Die kleinen und mittelgroßen Tannen werden gefällt und zum Verkauf gebracht. Ein Weihnachtsbaum von zwei Metern wird zwischen acht und zwölf Jahre alt, ehe er fällt.

Antons Freundin ist, wie sich herausstellte, wohl wirklich nicht mit besagtem Freund unterwegs gewesen, allerdings, wie sie schlussendlich gesteht, mit einem anderen. Ob Marie gelogen oder sich nur geirrt hatte, bleibt für Anton letztlich ungeklärt, obwohl er wenigstens ihr gerne vertrauen möchte. Es herrscht wieder Frieden.

Kapitel 3: Der Tag

Am dritten Tage des neuen Jahres gehen alle vier Mitglieder der Familie Reichert ihren eigenen Belangen nach. Im Nachhinein wird sich jeder Einzelne von ihnen genau daran erinnern, wie und wo er diese entscheidenden Stunden verbracht hat. Für den Rest seines Lebens. »Wäre vielleicht alles anders gekommen, wenn …?«, ist die Frage, die zu stellen keinen Sinn ergibt.

Der Traum von Sonne und Strand angesichts meterhohen Schnees und absehbaren weiteren drei Monaten Kälte ist sehr verführerisch. Marie ist bei ihrem Freund Markus, nur zehn Minuten vom elterlichen Hof entfernt, wo seine Eltern in einer Art Luxusbungalow wohnen. Das junge Paar lässt sich treiben von der Sehnsucht nach kurzen Hosen und Sommerkleidern. Pfingsten wollen sie von ihrem Weihnachtsgeld das erste Mal allein, ohne Eltern, Freunde oder Zelt im Gepäck verreisen.

Ihre Mutter hat ihr nahegelegt, das Geld lieber zu sparen, am besten gleich für einen Kinderwagen, und seine Mutter versteht nicht, wie man nicht nach Thailand oder Hawaii fliegen kann, wenn es hier schrecklich kalt ist, anstatt im Frühling nach Griechenland. Im Spannungsfeld derer, die sich angeblich niemals einmischen würden, sind sie auf der Suche nach dem Eigenen.

Markus, der sich mitten im Studium befindet, verbringt nur mehr seine Ferien zu Hause auf dem Dorf. Die beiden jungen Leute kennen sich schon seit Kindheitstagen.

Marie ist Erzieherin im gemeindlichen Kindergarten und bislang geht alles seinen geregelten Gang. Ein wenig ängstigt Marie sich vor dem, was wohl auf sie zukommen mag, sobald ihr Freund sein Studium beendet hat. Ab diesem Zeitpunkt wird es nicht mehr nur den Einfluss ihres Umfelds geben, das alles ganz genau zu wissen glaubt, sondern auch seine Wünsche. Und die ihren? Mit ausgestreckten Armen schiebt sie die damit zusammenhängenden Gedanken ganz weit von sich.

Alles weiß, knirschender Schnee, unerschütterlich blendende Sonne. Es scheint warm und doch sind die Finger und das vordere Ende der Nase kalt, lassen sie sich doch von der vorherrschenden Hochstimmung nicht täuschen.

Mit seinen neuen Skiern und drei Freunden ist Anton auf dem Berg. Unermüdlich fahren sie den Hang hinab. Für Anton ist dies viel mehr als nur eine rhythmisch gleitende Bewegung in Richtung Tal. Er hat das erhabene Gefühl, genau in diesem Augenblick hierher zu gehören, als könnte dies der einzig ewige Moment seines Lebens bleiben. Nur er für sich, ohne nichts und niemanden, auch ganz ohne seine Familie.

Beinahe erschrickt er ein wenig, als ihm dieser Gedanke ins Bewusstsein dringt, doch schließlich, so beruhigt er sich, wird es niemals so weit kommen.

»So etwas nennt man wohl flow!«, ruft er seinem Freund im Schlepplift zu.

»Powder, Anton, powder.«

»Genau, flowpowder.« So einfach konnte das Leben sein.

Weihnachten, erster Weihnachtsfeiertag, zweiter, Silvester. Carola ist mit dem Auto auf dem Weg zu ihrer Mutter. Die Feiertage sind vorbei, ihre Kinder Anton und Marie ohnehin schon wieder auf Achse und ihr Mann Franz hat sich vorgenommen zu Hause in Ruhe einiges aufzuarbeiten.

Zum Glück ist Carola dieses Jahr an der Reihe gewesen, die Oma an Heiligabend auf den Hof zu holen, so dass sie nicht den ganzen Abend über ihr nagend, besser gesagt beißend schlechtes Gewissen wie im Jahr zuvor hatte ertragen müssen. Sie verabscheut diese Sorte von Gefühl, das sich bis tief in die Knochen hinein festsetzt und einem das Gewicht einer jeden Bewegung bewusst macht. Auch wenn sie im eigentlichen Sinne keine Schuld trifft, so sucht sie diese unangenehme Empfindung dennoch jede zweite Weihnacht heim. Deshalb ist sie überaus froh, es dieses Jahr vor sich selbst wiedergutgemacht zu haben.

Carola hat noch eine ältere, eigentlich sehr umgängliche Schwester, die leider einen Tyrannen zum Mann genommen hat, der es liebt, einen jeden bloßzustellen, mit besonderer Vorliebe seine Frau und seine Schwiegermutter. Vor vielen Jahren schon hatten die Schwestern untereinander abgemacht, dass ihre Mutter die Feiertage im Wechsel einmal bei der einen und einmal bei der anderen Tochter verbringen sollte. Auch wenn Carola daran nichts ändern kann, so weiß sie, wie sehr ihre Mutter unter diesem Arrangement seit jeher leidet.

Sie selbst als die sicherlich Stärkste in diesem Gefüge hätte sich dringend zu einem klärenden Machtwort durchringen und sich schützend vor ihre Mutter stellen müssen. In ihrer Vorstellung allerdings sah Carola ihre Schwester in dem Moment, in dem sie es wagen würde, Tacheles zu sprechen, vor Enttäuschung in tausend Stücke zerbrechen. Sich selbst für diesen Scherbenhaufen verantwortlich zu zeichnen, bringt sie beim besten Willen nicht über sich.

Heute will sie ihrer Mutter die restlichen Plätzchen, die sie zuvor in der Adventszeit in mühevoller Kleinarbeit gebacken und dekoriert hatte, mitbringen. Nach Weihnachten isst das Gebäck zu Hause ohnehin keiner mehr und die alte Frau wird sie bestimmt noch bis Faschingsdienstag glücklich und voll Dankbarkeit in ihren morgendlichen Kaffee eintunken. Dieser Gedanke lässt Carola unweigerlich schmunzeln.

»Was machen eigentlich die Kinder heute? Und wie geht es Franz?«, will die alte Frau von ihrer Tochter wissen, als sie wenig später einträchtig beisammensitzen.

»Was wollte ich jetzt eigentlich machen?«, greift Franz sich an den Kopf. Das Denken fällt ihm heute irgendwie schwer, als ginge es um eine tausendstel Sekunde langsamer als sonst. Für einen Augenblick setzt er sich an den Küchentisch, um ein Glas Wasser zu trinken und die Ruhe des Alleinseins zu genießen.

Er rekapituliert die Ereignisse des Morgens, sich fragend, warum er ihn eigentlich als so überaus anstrengend empfunden hat. Anton war schon sehr früh schwer bepackt mit seiner Skiausrüstung losgezogen und Marie hatte nach dem immer wiederkehrenden Gespräch mit ihrer Mutter um Kinderwägen entnervt das Haus verlassen.

Warum Carola ihre Tochter mit diesem leidigen Thema nicht in Frieden lassen konnte, ist für Franz unverständlich. »Was vermisst Carola denn so sehr, dass sie unbedingt mit vierundfünfzig Großmutter werden will?«, murmelt er vor sich hin.

Franz ist jetzt neunundfünfzig und drängt seine Tochter bestimmt nicht in den Hafen der Ehe und zu einer Schar von Kindern, wünscht er sich vielmehr, dass sich seine Kinder so frei wie irgend möglich fühlen und in ihrem noch jungen Leben entfalten können. Für alles andere bliebe später immer noch genug Zeit.

Die Feiertage sind zugegebenermaßen strapaziös gewesen, geprägt von zu viel Essen auf der einen und zu wenig Schlaf auf der anderen Seite. Seit ein paar Tagen ist ihm zudem ab und an leicht schwindelig. Vielleicht, so vermutet er, sind es auch nur die Nachwirkungen der äußerst ausgiebig begangenen Silvesternacht.

Trotz des latenten Unwohlseins kommt für Franz ein untätiger Tag im Bett nicht in Frage. Jetzt, da endlich einmal alle für ein paar Stunden aus dem Haus sind, möchte er sich an die Buchhaltung machen, den Erlös aus dem Weihnachtsbaumverkauf berechnen und sich an die Planungen für das kommende Jahr setzen.

Seine Frau hatte die gute Idee, die Imkerei weiter auszudehnen und Interessierte dafür an den Hof zu locken. »Bienen sind voll im Trend«, hat Carola gemeint. Andere Imker könnten bei ihnen ihre Kästen unterstellen, Wissbegierige sich informieren. Seine Aufgabe ist es nun, dafür die Werbetrommel zu rühren.

Unter dem Küchentisch stupst der Hund ihn mit seiner feuchten Schnauze an. »Ja, Oskar, du bist ja mein Guter«, tätschelt er ihn. »Nachher gehen wir noch in den Wald und sehen an der Futterkrippe nach dem Rechten.«

Der Wald ist für Franz so etwas wie ein zweites Wohnzimmer. Einfach so in einem fremden Wald herumzuspazieren würde ihm nie in den Sinn kommen, aber ein eigenes Stück davon zu besitzen und die dazugehörigen Bäume, Pflanzen und Tiere zu hegen und zu pflegen, erfüllt ihn mit Stolz. Dieser Flecken Natur erscheint ihm wie eine Verlängerung seines eigenen Hauses, ein Freiluftraum unter einem dichten Blätterdach, in dem alles möglich ist, essen, arbeiten, reden, lachen, leben.

Er selbst betrachtet sich als einen Teil des Waldes und dieser ist wiederum ein unverrückbarer Part von ihm, genauso wie es einst bei seinem Vater und davor bei seinem Großvater gewesen ist. Er weiß, dass sich auch Anton und Marie jeder auf seine eigene ganz besondere Art und Weise tief mit dem ganzen Hof, aber vor allem mit dem Wald verbunden fühlen.

Marie ist so stark mit allen Lebewesen in dieser saftigen grünen Natur verwurzelt, dass es Franz vorkommt, als lebte seine Tochter förmlich mit den Moosen, Bäumen, kleinen Flechten, Hasen und Mäusen des Waldes. Bis auf das letzte weiße Hemdchen würde sie alles mit den Bewohnern des Waldes teilen, um am Schluss über und über mit Laub und Beeren belohnt zu werden.

Bei Anton verhält es sich etwas anders. Franz hat den Eindruck, sein Sohn könne inmitten all dieser Natur vor allem eines, nämlich klarer denken. Seine Sinne wirken hier geschärfter, seine Atmung konzentrierter als irgendwo sonst.

Bei der Wendeltreppe, die in den Keller führt, nimmt Franz meist freihändig zwei Stufen auf einmal, doch heute hält er sich lieber, Schritt für Schritt, am Geländer fest. Erneut ist ihm schummrig zumute, sein Kopf fühlt sich an wie mit Schaumstoff umhüllt.

»Werde ich mir doch keine Grippe eingehandelt haben. Dafür habe ich jetzt überhaupt keine Zeit«, argwöhnt er, gleichzeitig energisch beschließend sich nicht weiter damit zu beschäftigen.

Im Untergeschoss hat Franz sich ein kleines Büro, ausgestattet mit einem Computer, einer leistungsstarken Musikanlage und ein paar Hanteln für zwischendurch, eingerichtet. Schwungvoll dreht er die Anlage auf – »heute kann ich ja mal lauter also sonst« – fährt den Rechner hoch – »ah, den Kaffee habe ich vergessen« – steht auf, um ihn zu holen – »was soll denn schon wieder dieser Schwindel« – will sich wieder hinsetzen, seine Knie geben nach – »wir sollten öfter tanzen gehen«, denkt er sich völlig unzusammenhängend – rutscht weiter – verliert das Bewusstsein.

Der Bürostuhl hat Armstützen. Schief, halb am Boden, hängt Franz zwischen einer der Lehnen und der Sitzfläche unglücklich mit dem Kopf fest, als Carola ihn endlich nach wer weiß wie langer Zeit findet.

Verwundert und merklich eingeschränkt erwacht Franz erst im Krankenhaus wieder. Ohne Wenn und Aber lautet die Diagnose Schlaganfall. Das Sehen bereitet ihm Probleme, die rechte Hand, vielmehr die ganze rechte Seite scheint nicht mehr zu gebrauchen zu sein und auch die Worte, sie wollen nicht so recht heraus zwischen den rechts leicht nach unten hängenden Lippen.

Die Krankenhaustage bringen Geschäftigkeit mit sich, zusätzlich müssen zu Hause die Tiere und der Hof versorgt werden, doch an den ruhigen Abenden erlöst die zurückgebliebene Familie leider keine alltägliche Ablenkung von ihren Sorgen.

Schweigend sitzen die Geschwister mit ihrer Mutter um den vertrauten Tisch, der nun kaum noch einladend wirkt. Auch wenn nur eine Person fehlt, so scheint diese Holzplatte auf vier Beinen, eines der bisherigen Kernstücke der Familie, komplett leergefegt zu sein. Aussagen von Ärzten werden wiedergekäut, muss doch der Raum auf irgendeine Weise, notfalls mit bereits Bekanntem, gefüllt werden.

Dann passiert es endlich und zugleich viel zu früh. Auch wenn sich an seinem gesundheitlichen Gesamtzustand nur wenig geändert hat, wird Franz aus der Klinik entlassen. Die nach wie vor bestehende rechtsseitige Lähmung macht für ihn nicht nur ein selbstständiges Fortkommen ohne Rollstuhl unmöglich, die unnütze Hand schränkt ihn zudem derart ein, dass er bei zahllosen alltäglichen Verrichtungen dauerhafte Unterstützung benötigt. Auch sein Sprechen, sogar seine Stimme sind verändert, wenn er nun langsam und gepresst um die passenden Worte ringt. Einzig und allein das Sehen hat sich deutlich verbessert, was erfreulich ist, die anderen Defizite dennoch nicht auszugleichen vermag.

Seitdem der Vater wieder zu Hause ist, zieht sich die Mutter nach ihrem vollbrachten Tagwerk immer zeitiger zurück, um ihre Augen versteckt vor den Blicken der Kinder mit Tränen zu füllen und den Tag für sich selbst nicht unnötigerweise in die Länge zu ziehen. Der Schlaf, dem sie manchmal ein wenig nachhelfen muss, ist in seiner Abgeschiedenheit vom wirklichen Leben derzeit ihr bester Freund. Ihre sichtlich von der Situation betroffenen Kinder lässt sie im restlichen Licht des ausgehenden Tages auf sich gestellt zurück.

Meistens sitzen Anton und Marie dann noch für eine Weile in der Wohnküche zusammen, aber ihre Unterhaltungen gestalten sich äußerst mühsam. Früher spielten sie das Spiel, wer als Erster spricht, hat verloren. Jetzt haben die Ereignisse den einst harmlosen Zeitvertreib ins Gegenteil verkehrt. Das erste Wort bekommt den Zuschlag.

»Was hat das alles zu bedeuten?«, wagt Anton sich vor, nachdem die Mutter sich an einem Abend früher denn je zurückgezogen hat. Als Marie zu ihm aufsieht, wiederholt und ergänzt er seine Frage: »Was bedeutet das jetzt für uns?«

Zaghaft schüttelt sie lediglich den Kopf.

»Erzähl mir eine Geschichte, Marie, eine Geschichte darüber, wie das hier ausgehen wird«, fleht Anton seine ältere Schwester beinahe flüsternd an, während er die Hände gefaltet in ihre Richtung reckt. »Ich brauche einen Anhaltspunkt. Was soll ich anfangen mit meinem Leben? Wie und wofür soll ich mich entscheiden?«

»Anton, du bist kein Kind mehr«, startet Marie ihren Versuch, sein Ansinnen abzuweisen. »Wir sollten …« Mitten im Satz hält sie inne, während sie ihren Bruder abwägend taxiert.

Aus Erfahrung weiß sie, dass er nicht eher aufgeben wird, als dass sie sich geschlagen gibt. Zudem macht er, zusammengesunken wie er vor ihr sitzt, einen überaus elenden Eindruck.

Sie kann nicht anders, sie muss ihm helfen. »Also gut, ich habe eine Idee, die durchaus Sinn machen könnte«, gibt sie sich einen Ruck. »Wir können sie gemeinsam durchgehen, unsere zukünftigen Lebensgeschichten in verschiedenen Varianten, soweit das überhaupt möglich ist. Sozusagen erzählen wir uns unsere Zukunft gegenseitig vorneweg. Vielleicht fällt es dir danach leichter, dich durch den derzeitigen Dschungel zu navigieren. Aber ich brauche dabei deine Unterstützung.«

Auffordernd blickt sie den kleinen Jungen von einst an. »Ein Kneifen von deiner Seite gibt es dieses Mal nicht, verstanden?« Marie hat Lunte gerochen.

Vielleicht konnte diese Unternehmung durchaus interessant werden.

»Einverstanden«, signalisiert ihr Anton mit einem Nicken.

»Gut.« Marie befindet sich sichtlich in ihrem Element. »Der Plan sieht wie folgt aus. Zuerst schaffe ich die allgemeinen Grundlagen der Geschichte, sozusagen eine gemeinsame Basis. Von dieser ausgehend entwerfen wir im Anschluss unsere jeweiligen Wege, welche auf allen zuvor getroffenen Entscheidungen fußen müssen.«

»Wie bei den Mäusegeschichten?«, versucht Anton sich selbst aufzuheitern.

»Ganz genau, nur mit dem Unterschied, dass der Ausgang bei uns leider gewiss ist.«

Mit großen Augen, den Blick nach unten gerichtet, starrt Anton betroffen vor sich hin.

Ohne weiter auf ihren Bruder einzugehen, fängt Marie an von dem zu erzählen, was sein könnte oder vielleicht einmal werden wird, und so beginnt eine sehr lange Nacht mit ihren möglichen zukünftigen Leben.

Kapitel 4: Die Rückkehr des Vaters/ Basis
(erzählt von Marie)

Der kranke Vater kehrte nach einigen Wochen, die er im Krankenhaus und zuletzt in einer Rehaklinik verbracht hatte, nach Hause zurück. Aufgrund des erlittenen Schlaganfalls hatte er weiterhin Schwierigkeiten mit der rechten Hand, auch sein rechtes Bein war gelähmt und er benötigte einen Rollstuhl, aber das Sprechen ging, wenn auch langsamer, und er konnte wieder genauso gut sehen wie zuvor. Die furchterregenden Zerrbilder, die in seinem Gehirn durch eine Fehlinterpretation der visuellen Signale entstanden waren, hatten sich zurückverwandelt in eine, wenn auch zum Teil nicht minder beängstigende Realität.

Dank eines Treppenlifts, der Anschaffung eines Pflegebettes und nach der Umgestaltung des Badezimmers konnte er im Haus relativ gut versorgt werden, wobei er dennoch zur Verrichtung der meisten alltäglichen Tätigkeiten Hilfe benötigte. Essen schneiden, Schuhe anziehen, auf die Toilette gehen, sich ins Bett legen, all diese Dinge beinhalteten für ihn unüberbrückbare Hürden.

Als größtes Problem stellten sich jedoch die Zugänge im Hof mit ihren vielen Stufen und größtenteils ausgetretenen, schmalen Wegen heraus, die allesamt nicht rollstuhltauglich waren. Der Wald, das Herzstück seines Lebens, lag für ihn in unendlich weiter

Ferne. Wie hätte man das unhandliche bereifte Vehikel, mit dem großen und schweren Mann darin, auch über das unwegsame Gelände manövrieren sollen?

Er riss sich zwar ordentlich am Riemen, wie man es ihm von klein auf im Umgang mit persönlichem Leid beigebracht hatte, aber man spürte deutlich eine große Frustration angesichts all dieser unüberwindbaren Hindernisse in ihm aufkeimen. Manchmal gelang es seiner Wut, sich ihren Weg nach oben zu bahnen und die Oberhand über den sonst so sanftmütigen Mann zu gewinnen.

»Wir brauchen vielleicht Hilfe von einem Pflegedienst. Die kennen sich bei vielen Fragen besser aus als wir und falls Mama mal krank sein sollte, würdest du die Leute schon kennen. Außerdem muss Mama noch den Hof versorgen und wir sind auch nicht immer da. Was meinst du?«

Die beiden Geschwister hatten diese Worte seit Tagen durch ihre Köpfe geschoben, gedreht und gewendet, sich mit der Mutter besprochen. Das größte Problem an der Sache war die Frage danach, wer von ihnen den Mut haben würde, ihr Anliegen gegenüber dem Vater zur Sprache zu bringen. Schließlich hatte Marie die Initiative ergriffen.

Nur diese wenigen Worte hatten genügt, um beim scheinbar harmlosen Abendbrot den ersten richtigen Wutanfall, den sie überhaupt je bei ihrem Vater miterlebt hatten, zu provozieren. Voller Zorn knallte Franz den Teller zu Boden, welcher anstandshalber entzweibrach. Wie befreit kullerten die Erbsen eilig von ihm herunter, nur die Soße floss so langsam und zäh auf den Teppich, dass man es beinahe nicht erwarten konnte.

»So dick wie das Blut, das seine Arterien verstopft«, dachte sich Marie, sich zugleich dafür schämend. Sie war nur froh, dass ihre Mutter nicht Zeugin des Spektakels war.

Ungelenk fummelte ihr sichtlich schwer getroffener Vater an seinem Rollstuhl herum, wollte ihn umdrehen, um so gut er es noch konnte zu fliehen. Aber seine rechte Hand gehorchte ihm nicht und er bekam den Rollstuhl nicht schnell genug weg, weit genug weg von seinen Kindern.

»Papa, lass doch. Ich, warte …«, wollte Anton seinem Vater zur Seite springen, der seinen Impuls, ihm zu helfen, mit einer kurzen, aber gebieterischen Bewegung seiner gesunden Hand abwehrte.

Er wollte seinem Sohn nicht die Möglichkeit geben, sein schlechtes Gewissen, das er offenbar im Nachhinein angesichts dieser Unverschämtheit empfand, durch die Verrichtung banaler Tätigkeiten abzudienen. »Wessen Idee war das?«, brüllte er mit überraschend fester Stimme. »Wessen Idee das war, möchte ich wissen. Fremde Leute in meinem Haus! Ich bin noch nicht entmündigt. Widerlich seid ihr, widerlich. Entwürdigend ist das. Und Carola, hat sie auch damit zu tun?«

Die Kinder wussten instinktiv, dass sie die Mutter schützen mussten. »Nein, Papa, nur wir beide haben uns das überlegt, ehrlich«, logen sie gemeinsam dem kranken Mann ins Gesicht.

Sie konnten im Notfall all das hier, den Hof, den Vater, hinter sich lassen. Ihrer Mutter wäre diese Möglichkeit jedoch nicht gegeben. Alle anderen Sorgen, welche die Kinder umtrieben, die Frage nach den notwendigen, unweigerlich in Zukunft zu ergreifenden weiteren Maßnahmen, beschlossen sie für den Moment zu verschweigen. Nur ein kleiner Fleck Soße verblieb, kaum mehr sichtbar, als Zeuge der Auseinandersetzung eingetrocknet zu ihren Füßen.

»Wir sollten ein Bild von diesem Klecks machen und es einrahmen«, dachte sich Anton. »Quasi als Erinnerung an den Ursprung für alles, was ab sofort noch kommen mag.«

Die Zeit direkt nach dem Schlaganfall hatte die Familie sehr eng zusammenrücken lassen. Arztgespräche, die sie gemeinsam, einander an den Händen haltend absolvierten, kollektive Besuche in der Rehaklinik, die Frage nach der Organisation zu Hause, man überschlug sich förmlich an Unterstützungsvorschlägen.

Die Dankbarkeit für die vielen, guten, gemeinsam verbrachten Jahre beflügelten Ehefrau und Kinder nicht nur, sondern sie verlieh sämtlichen ihrer Worte und Taten zudem einen heroischen Unterton. »Papa, was brauchst du?«

»Franz, kann ich dir helfen?«

»Geht es dir gut?«

Dies waren nur einige von unzähligen Fragen, die trotz stetiger Wiederholung niemals inflationär zu werden schienen, nachdem der Vater endlich in die gewohnte Umgebung zu ihnen zurückgekehrt war.

Je länger dieser Zustand jedoch ohne jegliche Veränderung, gar Verbesserung andauerte, umso deutlicher mussten die bislang die Fahne des Optimismus hochhaltenden Familienmitglieder einsehen, dass er wohl niemals enden würde. Wenn sie ehrlich sein sollten, dann bestand nur eine einzige Aussicht, die wiederum besagte, dass die Umstände im schlimmsten Fall noch dramatischer werden konnten.

Die zu Beginn tragende Nähe, gespendet durch sich liebende Menschen, zog sich mit der Zeit bei jedem Einzelnen von ihnen immer enger um den Hals, legte sich alsbald bleischwer auf den Brustkorb, so dass jede Bewegung zu einem unermesslichen Kraftakt wurde. Diese Liebe, sie wog so schwer, dass sie es kaum noch schaffte, das alles aufzuwiegen.

Kapitel 5: Die erste Variante der Geschichte:

Anton geht, Marie bleibt (erzählt von Marie)

Nach diesem ersten Schritt Maries auf der langen Straße der Erzählungen, kehrt in der Küche für einen kurzen Moment eine beinahe elektrisch aufgeladene Stille ein. Mit ihrer Schilderung der Rückkehr des Vaters aus der Klinik, die sich zu einem großen Teil aus den realen Begebenheiten speist, hat Marie den sogenannten Ausgangspunkt geschaffen, auf den sie und später auch ihr Bruder ihre jeweiligen Geschichten aufbauen sollen.

Bevor sie sich jedoch vollends in ihre Welt der Fantasie, aus der sie für sich und ihren Bruder etwas Gemeinsames erschaffen will, begibt, erteilt sie Anton noch letzte Anweisungen.

»Ab hier, lieber Anton, beginnt das, was ich der Wahrheit ins Auge blicken nenne. Die größte Schwierigkeit dabei ist es, ehrlich zuzugeben, dass wir wahrscheinlich nicht zu dritt für immer um Papa herumsitzen werden. Es können sich aber auch nicht alle aus dem Staub machen, schlicht und ergreifend aus dem Grund, weil dann keiner mehr da ist.«

Ohne eine Zustimmung ihres Bruders abzuwarten, prescht sie mit geröteten Wangen nach vorne. »Ich werde mich für dich in deine Perspektive begeben und dir von deinem Leben erzählen, nachdem du den Hof verlassen hast. Im Gegenzug dazu nimmst du, wenn du mit Erzählen an der Reihe bist, meinen Blickwinkel ein und tust das Gleiche für mich. Die Szenarien, dass wir beide zu Hause bleiben beziehungsweise wir alle zwei Mama und Papa verlassen, werden wir der Vollständigkeit halber ganz zum Schluss entwerfen.«

Sie macht eine kurze Pause. »Ich hätte noch eine Idee, rein stilistisch betrachtet. Wenn ich direkt aus deiner Sicht, beziehungsweise du unmittelbar aus meiner Sicht sprichst, fände ich es schön, wenn wir jeweils die Ich- Form verwenden. Dann kann man sich besser einfühlen. Der Rest kann dann aus der Warte eines neutralen Erzählers berichtet werden«, schlägt sie vor. Offenbar hat sie schon ein genaues Gerüst im Kopf, entlang dessen sie die verschiedenen Handlungsstränge ihrer Geschichte untereinander verknüpfen will. »Ist es in Ordnung für dich, wenn ich beginne und dich zuerst gehen lasse?«, will Marie von ihrem Bruder wissen.

»Ja, aber wo soll ich denn hin?«, fragt Anton offensichtlich überfordert von der bloßen Vorstellung.

»Mache dir darüber keine Gedanken«, antwortet Marie ihm mit einem siegessicheren Lächeln auf den Lippen. »Genau das wird jetzt meine Aufgabe sein.«

»Und was wird aus dir?«

»Wir werden sehen.«

Ohne sich weiter um Antons Bedenken zu scheren, beginnt Marie, wie bereits unzählige Male zuvor, am Küchentisch eine Geschichte zu erzählen. Dieses Mal ist das Thema ein mögliches Leben ihres Bruders, das in seinem Verlauf unmittelbar auch mit dem ihren verwoben sein wird.

Anton macht sich auf (erzählt von Marie)

An dem Tag, an dem mein Vater seinen ersten Schlaganfall hatte, war ich gerade achtzehn Jahre alt und mit meinen Freunden beim Skifahren.

Zum ersten Mal hatte mein Vater mich mit drei Jahren auf die Piste mitgenommen, ich wackelig auf ein paar Miniskiern an den kleinen Füßen zwischen seinen starken Beinen. Immer im Wechsel hatte er mir »und Schwung, und Schwung« zugerufen. Auf diese Weise waren wir jede noch so steile Piste sicher heruntergekommen, ohne dass ich nur eine Sekunde lang auch nur einen Hauch von Angst verspürt hätte.

Ich liebte mein Leben bis zu jenem grausamen Tag, an dem der Schlag meinen Vater wie ein Blitz traf, genauso wie es gewesen ist, nur, dass ich bis zu dem Zeitpunkt gar nichts von dieser Liebe gewusst hatte. Solange ich denken konnte, ist mein Vater immer ein starker Mann gewesen und nichts auf der Welt hätte mich an dieser feststehenden Größe zweifeln lassen.

Jeden, der behauptet hätte, dass er einmal schwach, gar zu einer Last werden könnte, hätte ich als Lügner bezeichnet und mit Missachtung gestraft.

Als ich meinen Vater das erste Mal sah, nachdem ein Blutgefäß in seinem Kopf mit ihm Bingo gespielt und er offensichtlich verloren hatte, lag er mit nichts als einem weißen Krankenhaushemd bekleidet auf der Intensivstation. Er war, wenn auch mehr schlecht als recht, ansprechbar und ich dachte mir nur, wie sie ihm diesen grässlichen Kittel hatten anziehen können, ihm, der in meinen Augen, als ich noch ein kleiner Junge war, im Wald mit bloßen Händen die Bäume ausriss.

Natürlich wusste ich, wussten wir alle, dass es ihm nicht gut ging und dass er aufgrund des Schlaganfalls vermutlich für sein restliches Leben Einschränkungen haben würde, aber geglaubt, nein, geglaubt habe ich es nicht. Zumindest damals noch nicht.

Zu Hause schlug er sich tapfer, doch seine unverrückbar positive Lebenseinstellung und seine Gelassenheit von einst hatten merkliche Risse bekommen. Oft wurde er ungeduldig, zunächst obwohl wir es nicht waren, später weil wir es teilweise auch waren.

Wir hatten zwar einen Treppenlift in den ersten Stock hinauf eingebaut, damit er oben sein eigens nach seinen Pflegebedürfnissen ausgerichtetes Zimmer und das Bad nutzen konnte. Trotzdem war er nie wirklich autark wie der Mann, der er einmal gewesen ist, nicht an einer einzigen Minute des Tages. In den Keller zu seiner geliebten Stereoanlage mit den gewaltigen Boxen, in diesen seinen kleinen, privaten Raum konnte und wollte er nicht mehr.

Zum einen, weil zwei Lifte zu teuer gewesen wären, zum anderen nehme ich an, weil er wohl wusste, dort unten auch nicht mit einem Male wieder der Mann von früher zu sein. Ich schlug ihm vor, die Musikanlage unten aus- und dafür oben aufzubauen, doch auch dazu konnte er sich nicht durchringen, zu endgültig wäre damit wohl der Weg nach unten für ihn versperrt gewesen.

Die Ambivalenz seiner und unserer Gefühle machte uns manchmal rasend. Im Frühjahr nach dem Beginn seiner Erkrankung machte ich mein Abitur und er besuchte zu meiner großen Begeisterung sogar meine Abschlussfeier. Alle, Mitschüler, Lehrer, Nachbarn und Bekannte freuten sich ihn nach so langer Zeit wiederzusehen, doch neben der ehrlich empfundenen Freude erkannte ich es genau, dieses versteckte, blanke Entsetzen in ihren Augen. »Bitte, hoffentlich stößt mir nie so etwas Entsetzliches zu«, stand in den Gedankenblasen, die man über jedem ihrer Köpfe deutlich lesen konnte.

Meine Eltern verließen die Veranstaltung früher. Mein Vater hatte Angst, dort auf die Toilette zu müssen und obwohl es durchaus eine behindertengerechte gegeben hätte, wollte er, so glaube ich, unbedingt vermeiden, dass die anderen Leute sahen, wie er mit seiner Frau dorthin verschwinden musste. Die einfachsten Dinge bekamen auf einmal eine immense Bedeutung.

Ich empfand teilweise solch unendliches Mitleid mit ihm, dass ich es häufig kaum ertrug, ihm direkt in die Augen zu schauen. Mein eigener Schmerz widergespiegelt in seiner blanken Iris, drückte mir deutlich spürbar die harten Knöchel einer imaginären Faust, die genau wusste, wohin sie sich möglichst schmerzvoll platzieren musste, in die Magengrube.

Manchmal war ich aber auch wütend auf ihn, gerade seine verbissene Weigerung, Hilfe von außen anzunehmen, machte uns und ihm das Leben zusätzlich unnötig schwer. Trotzdem verharrte ich zunächst weiter stillschweigend in dieser Situation.

Mein Entschluss, mich doch aufzumachen und zu gehen, fiel an einem zunächst völlig unscheinbaren Tag, an dem meine Mutter und meine Schwester nicht zu Hause waren.

Zu allem Überfluss musste meine Mutter in dieser Zeit auch noch meine Oma unterstützen, die nach einer Operation am Knie außer Gefecht gesetzt war. Marie hatte das Haus wie gewohnt in der Früh verlassen, um in die Arbeit zu gehen. Ich wusste, dass meine Schwester im Moment unter einer beträchtlichen Anspannung stand. Markus wollte langsam Entscheidungen von ihr getroffen wissen, einschneidende, tragende, für ihre beiden Leben. Offenbar fiel es ihr nicht so leicht, sich zu einer solchen durchzuringen.

Als ich am späten Vormittag, ich hatte etwas länger geschlafen, ins Erdgeschoss kam, saß Vater in seinem Rollstuhl im Wohnzimmer am Fenster. Ich nahm an,

Mutter hatte ihn, bevor sie weggefahren war, dort genau auf die Weise hingestellt, weil sie persönlich meinte, dass es schön für ihn war, und seitdem hatte er so gesessen. In seinem Schoß lag eine alte Glocke aus Metall, mit der er sich laut bemerkbar machen, sprich mich aus dem Bett klingeln konnte, falls er etwas brauchte.

Es war ein schöner, noch nicht zu heißer Sommertag, der bereits vormittags eine vielversprechende Wärme und kräftige Farben mit sich brachte. Als er gerade im Begriff war die Klingel anzuheben, war ich ohnehin nur noch ein Stück hinter ihm. Anscheinend hatte er meine Gegenwart im Raum zuvor nicht bemerkt.

»Papa, ich bin doch schon da. Was gibt es denn?«, sagte ich weniger zu ihm als vielmehr zu seinem Rücken. Unser mittlerweile schon betagter Hund Oskar, der meinem Vater nur selten von der Seite wich, war aufgestanden, um mich zu begrüßen.

»Ist Mama weg?«, fragte er zu meiner Verwunderung kurz und knapp. Hatte er etwa vergessen, dass sie heute Morgen weggefahren war?

»Ja«, antwortete ich so neutral wie möglich.

»Gut«, meinte er daraufhin und drehte seinen Kopf zu mir. »Wir machen einen Ausflug. Ich will sehen, ob im Wald alles in Ordnung ist.«

»Aber ich war doch erst vor zwei Tagen dort. Es ist alles so wie immer«, unternahm ich den Versuch, ihn von seinem Vorhaben abzubringen. »Wir werden wohl ein, zwei morsche Bäume rausnehmen müssen, mehr nicht.«

»Bitte, tu mir den Gefallen.« Sein entschlossener Gesichtsausdruck verriet, dass es beinahe aussichtlos wäre, ihn umzustimmen.

»Aber Mama ist doch mit dem Auto weg«, unternahm ich einen letzten halbherzigen Versuch.

»Mit dem kleinen, das andere ist vor der Tür.« Franz hatte alles, wenn auch langsam vorgetragen, wohl sehr genau durchdacht.

»Der hat schließlich auch genügend Zeit Pläne zu schmieden, im Gegensatz zu uns anderen«, ging es mir boshaft durch den Kopf.

Es war ein immenser Aufwand, diesen immer noch großen, schweren Mann ausgehfertig zu machen und in das Auto zu verfrachten. Hatte ich nur deshalb vor diesem Mammutunternehmen zurückgeschreckt? Zudem hatte ich nicht das Gefühl, dieser Ausflug würde ihm in irgendeiner Form weiterhelfen und erst recht nicht, dass meine Mutter mit dieser Aktion einverstanden gewesen wäre.

Aber wie sollte ich einem Mann, der sich in einer solch beständig unerfreulichen Lage befand, eine Bitte abschlagen? Es erschien mir gnadenlos, wenn nicht sogar unmenschlich, ihm diesen Wunsch zu verwehren, so als wäre ich einer der sadistischen Aufseher, welche die ersehnte Henkersmahlzeit vor den Augen des Hingerichteten genüsslich selbst verspeisten.

Bis zu unserem Waldstück waren es ungefähr fünfzehn Minuten Fahrt, wobei man mit einem normalen PKW sehr schlecht direkt davor parken konnte, wir also noch einen Fußmarsch von weiteren zehn Minuten über einen holprigen, zum Teil von Schlaglöchern übersäten Boden in Kauf nehmen mussten. Vielleicht stellte ich mich auch besonders ungeschickt an, aber ich schaffte es kaum, den unhandlichen Rollstuhl mit meinem Vater darin vorwärtszubewegen. Jede kleine Erhebung oder Vertiefung zwang mich dazu, mich mit vollem Gewicht von hinten gegen ihn zu stemmen, um die Reifen unter vollem Krafteinsatz wieder in eine begehbare Spur zu bringen. Ich schwitzte, er schwieg.

Ich könnte nicht einmal sagen, ob es auch für ihn unangenehm oder gar beschwerlich war, würdigte er doch den Untergrund, über den er gerollt wurde, keines Blickes. Hoch erhobenen Hauptes hatte er offenbar einzig und allein sein Ziel vor Augen.

Als wir endlich bei unserem Waldstück angekommen waren, blieb ich, immer noch auf dem Weg, der uns hergeführt hatte, stehen. Von hier aus konnte mein Vater zumindest schon einmal einige seiner Bäume betrachten. Mir war, als begrüßten sie ihn schweigend und ohne viel Aufsehen, vergleichbar einem vertrauten Nicken, das man einem alten Bekannten zukommen lässt.

»Kannst du mich nicht weiter reinschieben?«, fragte er mich in ungeduldigem Ton.

»Aber Papa, da ist kein Weg mehr, wie soll ich das machen?« Beschämt erkannte ich, dass ich mich wie ein kleines Kind anhörte, doch wusste ich mir keinen anderen Rat. Ein eisiges Schweigen schlug mir an Stelle einer Antwort entgegen. Seitdem dieser Mann im Rollstuhl saß, hatte ich nicht mehr die geringste Chance, gegen ihn anzukommen.

Also schob ich ihn ohne ein weiteres Wort in den Wald hinein. Die ersten Meter gingen zu meiner Verwunderung erstaunlich gut. Ein Stück weiter im Inneren gab das feuchte Moos allerdings merklich unter den Rädern nach, woraufhin sich der Rollstuhl sogleich leicht nach rechts neigte. Panisch versuchte ich gegenzulenken, aber das rechte Rad war so ungünstig in eine mit Laub bedeckte und für mich dadurch unsichtbare Kuhle gerutscht, die sich als zu tief herausstellte, um einfach wieder herauszufahren.

Während ich noch blindlings mit dem Rollstuhl zu rangieren versuchte, geschah es. Das ganze Gefährt samt Insassen kippte nach rechts. Der Herr des Waldes rutschte, mit seiner linken Hand erfolglos nach Halt suchend, halb den Rollstuhl herunter und hing knapp über dem Boden fest.

»Papa, Stopp!«, rief ich entsetzt. Wild gestikulierend stürzte um den Rollstuhl herum nach vorne, um ihm wieder hineinzuhelfen.

Ich schob und zog an meinem Vater, doch in der Aufregung hatte ich zu allem Überfluss vergessen die Bremsen festzustellen. Durch einen gewaltigen Ruck meinerseits kippte der Rollstuhl komplett rücklings um, woraufhin mein Vater, den ich nicht mehr richtig zu fassen bekam, nun endgültig auf dem Waldboden landete.

So saßen wir an einem schönen Sommertag im kühlenden Schatten des Waldes auf dem, wie mir in diesem Moment auffiel, relativ trockenen Moos und ich hatte keine Ahnung, wie ich meinen eigenen Vater wieder nach Hause bringen sollte. Schleifen konnte ich ihn nicht, dafür war er viel zu schwer, aber einen Krankenwagen in die Abgeschiedenheit des Waldes zu bestellen, ohne dass eine akute gesundheitliche Gefährdung bestand, wagte ich nicht.

»Papa, es tut mir leid, aber wir brauchen Hilfe.« Meine Worte klangen mehr wie eine Bitte als wie eine Feststellung. Wenigstens in dieser Situation würde er es mir erlauben müssen, Unterstützung anzufordern.

Mit einer Mischung aus Resignation und fatalistischer Freude schaute er mich an. »Wer soll uns denn jetzt noch helfen, mein Sohn?«

»Ich kann dich aber auch nicht hier liegen lassen«, wimmerte ich. Das ging aus so vielen verschiedenen Gründen nicht, konnte ich doch nicht einfach meinen

Vater in seinem eigenen Wald aussetzen. Ich ertappte mich dabei, diesen Gedanken für überaus albern zu halten.

Zu meiner großen Überraschung begann mein Vater langsam, bisweilen ein wenig abgehackt, aber durchaus klar zu sprechen: »Früher, als ich noch ein kleiner Junge war, war es genau dieser Geruch, eine Mischung aus Moos, den Blättern der Bäume und der besonderen Luft hier, den ich am meisten liebte. Er kitzelt die Nase, wenn man sich diesem Flecken Erde nähert. Viel schneller noch, als die Augen ihn schauen können. In den letzten fünfzig Jahren hat er sich kein bisschen verändert. Absolut nichts lässt sich mit ihm vergleichen. Wenn ich nur diesen Duft mit mir nehmen könnte.«

Ein kleiner Teil meines begeisterungsfähigen Vaters von früher blitzte bei dieser Erinnerung auf, doch vertrieb ich diesen Abglanz aus vergangenen Zeiten sogleich erbarmungslos, indem ich mein Telefon hervorkramte und zwei meiner Freunde anrief, die mir helfen sollten, ihn nach Hause zu bringen, und die ich dafür als verschwiegen genug befand.

Im Nachhinein überlegte ich mir, ob ich ihm nicht noch ein bisschen mehr Zeit hätte gönnen können. Obwohl er auf dem Boden lag, ohne sich selbst helfen zu können, wirkte er dennoch zufrieden und glücklich. Wahrscheinlich war es für ihn ohnehin der letzte Besuch an diesem Ort, glaubte ich nicht, dass Mutter das Wagnis, ihn hierher zu bringen, jemals eingehen würde. Mir hingegen konnte es gar nicht schnell genug gehen aus dieser für mich äußerst misslichen Lage zu entkommen, wollte ich unter keinen Umständen dem Geschehenen zu viel Zeit geben, sich in meinem Gehirn einzubrennen.

Zu Hause angekommen, schob ich meinen Vater wieder an seinen Platz vor dem Fenster, von dem ich ihn am Morgen abgeholt hatte. Von seinem Kontakt mit dem Waldboden waren seine Hosenbeine unten am Aufschlag etwas dreckig. Gewissenhaft zupfte ich die kleinen Halme und Zweige ab und versuchte die hartnäckigen Erdreste abzureiben.

Auch die schmutzigen Reifen hatten eine verräterische Spur auf dem Weg durch das Haus hinterlassen. Mit Rollenpapier bewaffnet und auf allen vieren am Boden kriechend, verfolgte ich das Gemisch aus dunkler Erde und grünen Nadeln bis zurück zum Eingang. Ich wischte, riss ein neues Papier ab, holte eine Schüssel mit Wasser, putzte abermals.

Als ich im Hauseingang angekommen war, setzte ich mich mit dem Rücken an die Haustür gelehnt auf den Boden, vor mir Hügel um Hügel von dreckigem Papier und konnte dabei nicht mehr tun, als die Anzahl der Haufen zu zählen, soweit ich sie von hier aus sehen konnte. Fünf waren es von mir bis zur Wohnzimmertür.

Ich stand auf, um sie, einen nach dem anderen, aufzuheben, und hielt das immer größer werdende

Knäuel, das dabei entstand, mit der linken Hand vor meine Brust gepresst. Im Wohnzimmer waren es nur noch drei. Den größten Schmutz waren wir also zuvor schon losgeworden. Nachdem ich auch die restlichen aufgelesen und an mich gedrückt hatte, stand ich direkt vor meinem Vater.

Ich benötigte einen Moment, bis ich die Kraft aufbrachte, meinen Kopf zu heben und ihn anzusehen. In seinen Augen schimmerte etwas. Eine Schicht wie aus flüssigem Glas glänzte auf seiner Hornhaut, doch schien sie zu zäh, um sich zu lösen. Sie erinnerte mich an das klare, glitzernde Eis eines verzauberten Wintertages, an dem man Eiszapfen um Eiszapfen abbricht, ausgiebig von ihnen kostet und sie so lange als endlichen Schatz mit sich herumträgt, wie es nur irgend möglich ist.

»Papa?«

»Ja.«

Er war da und ich war da.

Dies war der Dreh- und Angelpunkt in meinem Zeitgefüge, an dem ich beschloss, nicht nur zu gehen, sondern vielmehr gehen zu müssen. Meine An- oder Abwesenheit würde nichts mehr an seinem Zustand verändern, und ich hatte Angst, dass ich irgendwann einmal meinen eigenen Vater dafür hassen würde, wenn ich mich dazu zwang, nur für ihn zu bleiben.

Kann man jemanden hassen, den man zu allen Zeiten so sehr geliebt hat? Es war, als würde das schwarze Yin das weiße Yang überschatten, als würde die Münze, die sich wie selbstverständlich vorher unablässig um sich selbst gedreht hatte, auf einmal aus dem Takt geraten, taumeln und für immer unverrückbar auf der falschen Seite, von der man im Vorfeld nicht wusste, welche von beiden es war, liegen bleiben.

Ich hatte keine Ahnung, wie ich meine Entscheidung Marie und Mutter unterbreiten sollte, gab es schließlich keinen Schonwaschgang für das, was vor uns lag. Welche Konsequenzen meine Flucht für sie beide haben würde, konnte ich mir durchaus bildhaft ausmalen. Es tat mir unendlich leid. Ich fühlte mich feige und redete mir gleichzeitig ein unglaublich mutig zu sein. Einen Teil der Wahrheit versuchte ich damit zu vertreiben. Nie wieder wollte ich Gefahr laufen mit meinem Vater in diesen Wald fahren zu müssen.

Nichts an dem weiteren Verlauf des Tages verriet die vorangegangenen Ereignisse, doch als meine Mutter die Hose meines Vaters am Abend über seinen Stuhl hängte, rieselten ein paar vergessene Tannennadeln aus dem Aufschlag des rechten Hosenbeins und setzten damit eine Lawine in Gang.

Meine Eltern ahnten nicht, dass ich unmittelbar vor der Tür stand und lauschte. Ich musste wissen, was er ihr über den Tag erzählen, ob er uns auffliegen lassen würde.

»Nanu, was ist das denn? Wo kommen denn die Tannennadeln her? Franz, die waren in deiner Hose.« Fragend blickte Carola ihren Mann an, der es gerade eben nur mit Hilfe ihrer Unterstützung ins Bett geschafft hatte.

Wie sollte er unter diesen Umständen selbstständig das Haus verlassen und in die unwegsame Natur gelangen können? Nicht nur, dass seine rechte Körperhälfte ihm nicht mehr gehorchte, auch insgesamt wirkte er manchmal so kraftlos wie ein leerer Wespenstock, dem einzig noch die Aufgabe blieb, den Launen des brausenden Windes als Spielball zu dienen.

»Ich war heute mit Anton im Wald«, gestand Franz.

Mit deutlicher Missbilligung schnaubte meine Mutter, wobei ich mir gut vorstellen konnte, wie sie dabei geringschätzig eine Augenbraue nach oben zog. Eine ihre Spezialitäten. Nun, da die Beweise in Form dieser stechenden, grünen Mitbringsel vor ihr auf dem Teppich ausgebreitet lagen, war Franz entschlossen seiner Frau die leider wenig triumphale Wahrheit zu gestehen.

»Warum habt ihr mir nichts davon erzählt? War das etwa schon länger geplant?«, war Carolas entsetzte Reaktion.

Wenn man allerdings ganz genau hinhörte, verbarg sich noch mehr hinter ihren vorwurfsvollen Worten.

Ein kleiner, feiner Streifen von Eifersucht hatte in ihrer Brust Einzug gehalten, der ihr hinterhältig zuraunte, sie wäre es nicht wert, in die wirklich wichtigen Vorgänge eingeweiht zu werden. »Was hat Anton sich überhaupt dabei gedacht?«, lautete ihre eindeutig als Anklage formulierte Frage.

»Mach dem Jungen keine Vorwürfe. Es war einzig und allein meine Idee«, versuchte Franz mich aus der Schusslinie zu bringen. »Er hat mich den langen Weg vom Auto zu unserem Wald geschoben. Das Gras unter dem Rollstuhl hat sich dabei zur Seite geneigt, die Steine haben geknirscht. Es hat sich beinahe so angefühlt, als würde ich auf meinen eigenen Beinen darüber gehen. Anton hatte Angst vor dem Weg in das Waldstück hinein. Er hat geächzt und gestöhnt. Für mich aber war es wunderbar. Das weiche Moos gab unter mir nach, der Duft, das Licht. Alles war so lebendig.

Dann bin ich aus dem Rollstuhl gefallen, weil der Weg uneben wurde. Es war nicht schlimm, aber Anton war völlig aus dem Häuschen. Hektisch hat er seine Freunde Paul und Bernd von seinem Handy aus angerufen, damit sie ihm helfen. Aus eigener Kraft hätte er mich nicht mehr hochgebracht. Sie werden niemandem etwas sagen.« Franz machte eine Pause. Er wirkte sichtlich angestrengt von den ungewohnt vielen Worten, die so lange Zeit in Anspruch genommen hatten um gesagt zu werden.

»Und was ist jetzt mit Anton?«, zwang ihn meine Mutter zu weiteren Antworten.

Es nahm eine geraume Weile in Anspruch, bis ich durch die Tür hindurch hören konnte, wie er ihr antwortete: »Ich glaube, Anton hat heute endlich begriffen, was das alles hier bedeutet.«

»Der Junge wird sich riesige Sorgen gemacht haben. Damit kann man ihn doch nicht allein im Regen stehen lassen. Ich werde mit ihm reden«, sagte sie mehr zu sich als zu meinem Vater.

»Nein!«, rief mein Vater sie zurück. »Lass ihn bitte in Frieden.«

»Du kannst den Jungen doch nicht mit all dem sich selbst überlassen. Ich wette, ihr habt nicht einmal über das gesprochen, was heute passiert ist.«

Mit aller Vehemenz, die er noch aufzubringen vermochte, wandte Franz sich energisch an seine Frau. »Habe ich mich je über all das hier beklagt?«, ging er sie an. »Nein. War ich je ungeduldig? Nein. Dann tue mir bitte diesen einen Gefallen und akzeptiere meinen Wunsch. Lass den Jungen in Ruhe.« Danach war von ihm nichts zu mehr zu hören.

»Dann ist wohl alles gesagt«, schrie meine Mutter ihn an, gefolgt von Geräuschen, die vermuten ließen, dass sie bald wutentbrannt die Tür aufreißen würde. Um der Gefahr einer Entdeckung zu entgehen, verschwand ich so lautlos wie möglich in meinem Zimmer.

Früher am Abend, noch vor der Auseinandersetzung zwischen meinen Eltern, deren heimlicher Zeuge ich geworden war, hatten wir Vater wie immer nach dem Essen vor den Fernseher gerollt. Marie und ich saßen um den Esstisch, weit genug von seinen Ohren entfernt und doch stets in seiner Rufweite, falls die Fernbedienung wieder einmal in unerreichbare Tiefen gefallen war oder er sich schlichtweg vergewissern wollte, dass hinter seinem Rücken noch echtes Leben herrschte. Sehr zu unserem Glück war Oskar sein steter treuer Gefährte, der uns viel von unserem schlechten Gewissen ihm gegenüber nahm.

Währenddessen war Mutter draußen, um den Stall abzusperren und ihren allabendlichen Kontrollgang zu machen, bei dem ihr kein Huhn entkam und keine Tür unverschlossen blieb. Den Waldausflug hatte ich sowohl meiner Mutter als auch meiner Schwester gegenüber verschwiegen. Zu diesem Zeitpunkt hoffte ich noch, dass mein Vater nie auch nur ein Sterbenswort darüber verlieren würde, nicht einmal mir gegenüber. Ich hatte Angst davor, dass dieser schreckliche Tag in seiner Nacherzählung am Schluss immer unerträglicher werden würde.

Aber wie sollte ich, ohne die Ereignisse zu erwähnen, erklären, warum ich es für völlig sinnlos hielt, weiter in diesem Haus zu bleiben? Ich war zu der schmerzhaften Überzeugung gelangt, dass meine Anwesenheit hier nichts mehr ausrichten, nichts verbessern, schlicht und ergreifend gar nichts würde.

»Ich werde nicht bleiben. Meine Studienplatzbewerbung wurde angenommen, ich …« Mitten im Satz
brach ich ab. Die mit Wut und Verzweiflung gepaar-
ten Tränen der hinter uns liegenden Tage und Wochen
hatten meiner Stimme ihrer Kraft beraubt. »Es tut mir
leid. Was bleibt mir hier noch zu tun, Marie? Verzeih
mir«, gelang es mir noch beängstigend tonlos meine
Entschuldigung über die Lippen zu bringen.

»Das ist doch großartig«, antwortete Marie, beinahe überzeugend, tapfer. Zu schnell für mein Empfinden.

»Aber was wird dann aus dem Hof, wenn ich weg
bin? Und mit Papa und Mama?«, stellte ich Marie daraufhin die Frage, die eigentlich sie jedes Recht gehabt hätte an mich zu richten.

»Ich bin doch auch noch da«, sprach sie mehr für
sich als für mich, den Blick starr auf die vertraute
Tischplatte vor sich gerichtet.

Also blieb Marie zu Hause und ich verließ den Hof,
meine Eltern, mein Zuhause, meine Familie.

Der Gang ins Studentenwohnheim gestaltete sich
für mich angesichts der schwierigen Umstände, die
ich zurückließ, zunächst sehr hart. Zu meiner großen
Erleichterung war die Stadt, in die ich ging, durch und
durch Stadt. Keine ausgedehnten Baumansammlun-
gen oder Reste von Ländlichem erinnerten mich an
das Zurückgelassene. Nie hätte ich gedacht, dass die

Stadt einmal mein Freund werden konnte, aber genau das war sie in ihrer völligen, wundervollen, manchmal auch abstoßenden Andersartigkeit.

Exakt einmal pro Woche telefonierte ich mit Marie, nicht öfter. Kein weiterer Austausch von Nachrichten, keine E-Mails, wollte ich von all dem, was ich hinter mir gelassen hatte, nicht zu viel wissen. Sie hatten sich jemanden zur Hilfe für die größeren anfallenden Arbeiten in Haus und Hof geholt und das Waldstück notgedrungen verpachtet.

Während des Semesters fuhr ich nie nach Hause. Das richtige studentische Leben begann für mich erst nach einigen Monaten, nachdem ich es allmählich geschafft hatte, mich in den universitären Organismus einzugliedern.

Es machte mir Spaß, auf dem Fahrrad zur Vorlesung zu fahren, mich mit Kommilitonen zu treffen und in den Bibliotheken zu sitzen. Auf den Partys lernte ich Studenten anderer Fakultäten und vor allem Studentinnen kennen. Fasziniert lauschte ich Ausführungen über Philosophen und Professoren von zarten, Kreise durch den Raum malenden Handgelenken hübscher Mädchen.

Fragen über meine Familie wurden selten gestellt, wo man herkäme schon öfter, aber niemand hatte automatisch ein Anrecht auf die ausführliche Wahrheit.

Tamara, das Mädchen mit den zartesten Handgelenken, wurde meine Freundin, ein bezauberndes Wesen, bei dem ich meist wenig verstand und in dessen Konstrukt von Worten ich wie gefangen war.

»Ich brauche Natur. Die Stadt hält einen gefangen, ohne dass man ihre Mauern direkt bemerkt oder sieht. Aber ich habe sie heute Morgen entdeckt, diese Begrenzungen. Als wäre über der ganzen Stadt und um sie herum ein Mauerwerk, das uns alle unbemerkt in Zaum hält. Komm, lass uns ein Stück weit rausfahren und diesem Gefängnis entfliehen«, fiel es ihr eines Sonntagmorgens während unseres gemeinsamen Frühstücks ein.

Die Tatsache, dass auch die Natur einen manchmal einengen und nicht mehr loslassen konnte, behielt ich für mich. Wie hätte ich ihr diesen Umstand erklären können, wo mir dafür die schönen bedeutungsvollen Worte fehlten, derer sie sich stets mühelos bedienen konnte?

Also fuhren wir hinaus vor die Stadt und unternahmen eine kleine Wanderung eine bewaldete Anhöhe hinauf. Zunächst begann sie ausführlich über die letzte Soziologievorlesung ihres Lieblingsprofessors zu sprechen, wobei sie versuchte mir eine empirische Forschungsaufgabe zu erklären, die sie bis Semesterende abgeben sollte.

Während sie sich immer tiefer in ihre Ausführungen begab, tat ich mir schwer darin, mich an diese Natur, in der ich mich nach vielen Monaten zum ersten

Mal wieder befand, zu gewöhnen. Die erste halbe Stunde ging ich, den Kopf leicht nach unten gebeugt, die Augen schräg immer ein bis zwei Meter vor mich fest auf den Boden gerichtet.

Sie hatte schon lange aufgehört zu sprechen, ohne dass ich es bemerkt hätte, als sie mich plötzlich mit dem Satz konfrontierte: »Ist es nicht schön hier?«

Bislang blind und taub für die Dinge um mich herum blieb ich stehen und ließ zum ersten Mal meinen Blick, wenn auch nur zaghaft, schweifen. Es war zwar noch kalt, Ende Februar, aber man konnte bereits die ersten zarten Frühlingsboten erahnen. Der klare Himmel glänzte von einem eisigen, aber wunderschönen Blau. Die Bäume harrten noch der Zwänge des Winters, doch bald schon würden sie ihre Warteposition verlassen und aufbrechen in den neuen Jahreslauf. Beinahe hatte ich den Eindruck, als würden sie bereits ungeduldig mit ihren Ästen scharren.

Tamara hielt mich am Oberarm fest und wiederholte: »Ist es nicht wunderschön hier?« Offenbar hatte sie die Frage nicht rhetorisch gemeint und die Erfahrung hatte mich gelehrt, dass sie nie etwas unbeantwortet ließ.

Ich gab ihr ein schlichtes »Ja« zurück, was ihr, wie ich es allmählich hätte besser wissen müssen, zu wenig war.

»Schau nur, wie wundervoll die Sonne auf alles scheinen kann, weil der Himmel heute so leergefegt ist und ihr ausreichend Platz lässt, sich zu entfalten.

Sie streichelt die Reste des Schnees und berührt jeden Ast, um die Blätter aus den Bäumen zu locken«, versuchte sie mich mit ihren blumigen Umschreibungen zu einer Unterhaltung zu bewegen.

»Das ist wohl so«, gab ich immer noch einsilbig zurück. Tief unter meinem linken Rippenbogen vermischte sich die Sehnsucht nach all dem, was sie benannte, mit dem brennenden Wunsch, hier schnellstmöglich wegzukommen.

Wir gingen noch ein weites Stück, ich und dieses so energisch ausschreitende Mädchen, das jeden Stein am Wegesrand in sein Herz schloss und dabei selbst aus der Stadt kam.

Das Studium nahm seinen Lauf, die Semester vergingen. In der vorlesungsfreien Zeit fuhr ich meist für ein oder zwei Wochen nach Hause, um so gut es ging mitzuhelfen. Mutter und Marie hatten sich, auch wenn Vater sich anfänglich mit Händen und Füßen dagegen gesträubt hatte, mittlerweile zusätzlich eine Helferin vom Pflegedienst geholt. Zu schwer war ihnen der Körper, der gewaschen und angezogen werden musste und dabei ihre Rücken beugte, auf die Dauer geworden.

Eine Woche vor meinen Abschlussprüfungen klingelte mein Telefon. Ich erkannte Maries Nummer. Eindringlich betrachtete ich die Anzeige auf dem Display. Es läutete ein, zwei, viele Male. Sie rief mich eigentlich nie an, hatten wir doch die unausgesprochene Übereinkunft getroffen, dass ich mich bei ihr meldete, wenn ich Zeit hatte oder besser gesagt einen Zeitpunkt dafür als geeignet empfand. Oft vertagte und verschob ich diesen jedoch.

»Hier Anton Reicherts«, drückte ich schlussendlich den Annahmeknopf. Um mir noch einen kurzen Augenblick der Vorbereitung auf das, was jetzt kommen mochte, zu gönnen, tat ich so, als hätte ich ihren Namen nicht gelesen.

»Hallo, Anton, ich bin es, Marie. Es tut mir leid, dass ich dich so kurz vor den Prüfungen störe. Mama wollte nicht, dass ich dich anrufe, damit du in Ruhe lernen kannst, aber ich finde es wichtig«, sie hielt kurz inne, setzte dann aber mit Bestimmtheit nach, »dass du es weißt.«

Dann sagte sie nichts mehr und ich dachte nur: »Jetzt kommt der Sturm, der hier gleich alles erbarmungslos durcheinanderwirbeln wird.« »Ist was mit Papa?«, hörte ich mich selbst wie aus weiter Ferne fragen und wusste zugleich, dass es so war.

Obwohl ich mich eigentlich auf meine Tests hätte vorbereiten müssen, fuhr ich nach Hause und von dort aus mit Marie ins Krankenhaus. Vor dem Krankenzimmer erwartete uns bereits meine Mutter.

»Zum Glück hat es so lange, fast fünf Jahre gedauert, bis Papa diesen zweiten Schlaganfall hatte«, flüsterte sie mir zu, während ich sie zaghaft umarmte.

»Die Folgen können wir noch nicht gänzlich absehen«, meinten die Ärzte, aber dass diese neue Episode eine Verschlechterung seines Zustandes bedeuten würde, war für uns alle eine traurige Gewissheit. Er sprach jetzt noch langsamer als zuvor, oft auch vollkommen unverständlich, bisweilen vor Ungeduld aufgebracht lallend.

Nach zwei Tagen fuhr ich wieder ab, gab es trotz allem ein Studium zu bestehen. Keiner trug es mir nach. Mutter und Marie bekräftigten mich sogar in meiner zielstrebigen Entscheidung, doch der kleine Junge in mir wollte nichts anderes als sich auf dem Heuboden einsperren und das nächste halbe Jahr nicht mehr herunterkommen, um sich selbst vormachen zu können, alles wäre so wie früher.

Tamara empfing mich besorgt. »Was ist mit deinem Vater? Er wird doch nicht etwa sterben?« Lustig, welche Gedanken für Menschen die schlimmsten sind, die keinerlei Ahnung haben. »Ich hätte doch mitkommen sollen«, haderte sie, als sie über meine eingefallenen Wangen strich. Ihre Geste glich mehr einer ärztlichen Untersuchung als einer liebevollen Berührung.

In all den Jahren, in denen wir nun schon ein Paar waren, hatte sie mich nur drei Mal mit nach Hause begleitet. Ich fand sie passte mit ihrer auf den ersten Blick fragilen, dennoch vor erstaunlicher Kraft strotzenden Konstitution nicht in diese Welt. Sie war mir in ihr fremd und wenn ich ehrlich sein soll, ich mir selbst, wenn sie dabei war, auch.

»Glaubst du, deine Eltern mögen mich?«, hatte sie mich einmal, nachdem wir in meinem ehemaligen Kinderzimmer auf dem einen Meter zwanzig breiten Hochbett im Haus meiner Eltern übernachtet hatten, gefragt.

Ich überlegte, vielleicht ein bisschen zu lange, denn plötzlich wirkte sie ganz verunsichert, diese junge Frau, die ansonsten alles Weltgeschehen unerschüttert durchzudiskutieren vermochte. »Ich glaube ja«, antwortete ich ehrlich in nüchternem Ton.

Erst später verstand ich, dass sich meine Worte für sie nicht überzeugend angehört haben mochten. Ich war mir sicher, dass meine Familie meine Freundin mit ihrem reizenden, wenn auch anstrengenden, aber durchaus höflichen Wesen schätzte. Aber wie konnte ich mit aller Sicherheit sagen, was sie dachten, mir anmaßen ihre Gedanken und Gefühle noch auch nur ansatzweise zu kennen, wo ich doch von ihnen fortgegangen war?

Die Arbeitsverhältnisse nach dem Studium trieben mich immer weiter von zu Hause weg, zuerst in die nächste Großstadt, dann ins nahe gelegene Ausland. Ich arbeitete jeden Tag hart in einem Büro, das vollgestellt war mit Möbeln aus totem Holz, Plastik und Chrom. Bilder hingen an der Wand, die so abstrakt waren, dass einem schwindelig werden konnte, wenn man versuchte etwas Erkennbares darin zu finden, was jeder zwischen den ausgestoßenen Ahs und Ohs heimlich tat.

»Ich finde, euer Innenausstatter hat wirklich Geschmack und Feingefühl bewiesen. Für eine Bank Gemälde auszuwählen, die bis zu einem gewissen Maß zwar konservativ, aber dabei nicht spießbürgerlich wirken sollen, ist wohl die wahre Kunst«, schwärmte Tamara, nicht ohne deutlich anklingendes Eigenlob ihres persönlichen künstlerischen Feingefühls. »Oder siehst du das anders?«

Ich war wie immer fasziniert von der Selbstsicherheit, mit der sie sprach und wie sie die Dinge mit ihrem geschärften Blick beurteilte. Sie hob das Kinn ein wenig an, während sie den Kopf leicht schräg stellte, und forderte mich damit zu einer Antwort auf. Das tat sie stets, wenn sie das Gefühl hatte, für mich wäre alles schon gesagt, obwohl der Prozess der Analyse bei ihr gerade erst begann.

»Ich sehe diese Bilder jeden Tag, doch sie sind und bleiben mir vollkommen fremd. Ich betrachte die Farben und deren Verläufe, wie sie sich einander nähern, verschlingen und wieder voneinander lösen. Und ich frage mich nur, wozu? Ich weiß es nicht.« Ich wusste es tatsächlich nicht.

»Anton, vielleicht musst du hier die eigentliche Funktion der Bilder über deren Form stellen. Wir sind schließlich nicht bei uns zu Hause«, gab Tamara mir zu bedenken.

»Das stimmt, es ist nicht mein Zuhause«, wiederholte ich, mehr für mich als für sie, deutlich leiser. Den feinen, aber unnachgiebigen Druck, den ich dabei kurz hinter meinem Adamsapfel verspürte, wollte ich einfach nur beiseiteschieben.

Meine Freundin konnte es nicht ausstehen, wenn ich in mir versank, auf eine Ebene außerhalb jeglicher Kommunikation, wie sie es nannte, abdriftete. Sie, die mit Worten wirbelte und sich aus ihnen ohne Mühe ein Trapez spannte, auf dem sie über den Köpfen aller hinwegschwang.

Also entschloss sie sich, diese Unterhaltung nach ihren Regeln wiederaufzunehmen. »Anton«, sprach sie mich direkt an. Als ich zunächst nicht reagierte, sah sie sich gezwungen deutlicher zu werden. »Anton, ich bin schwanger. Hörst du, wir bekommen ein Kind.« Das war laut und energisch genug.

Ich hatte das Gefühl, mein linker Arm würde taub werden. Mein Blick ging an ihr vorbei zu diesem grässlichen, schwarzroten Farbengemenge an der Wand hinter ihr, dann fokussierte ich zurück auf sie, auf ihre Mitte.

»Marie, ein Baby!«, war das Erste, was ich zustande brachte. Sie ließ es mir durchgehen, obwohl sie doch eigentlich Tamara hieß.

Maries Leben (erzählt von Marie)

Wie war es Marie in all den Jahren, die ihr Bruder mit seinem Studium fernab des Dorfes verbracht hatte, ergangen? Dafür ist es nötig, an den Ausgangspunkt, genauer gesagt zu Antons Entscheidung, den Hof zu verlassen, zurückzukehren und von dort ausgehend aus dem Fächer der Möglichkeiten eine für sie zu wählen.

In dem Moment, als Anton sich zu Marie an den Küchentisch setzte, ahnte sie bereits, dass an diesem Abend, exakt in diesem Raum, eine Entscheidung fallen würde, die ab sofort auch über ihr Leben bestimmte.

Anton hatte den Tag mit Vater verbracht. Wenn auch äußerlich nichts verändert wirkte, so schien doch irgendein Ereignis alles ein für alle Mal ordentlich durchgeschüttelt zu haben. Die Höhe und die Richtung des Ausschlags der Schwingungen im Raum hatten sich deutlich spürbar verändert. Irgendjemand würde die Dinge wieder mühselig in Reih und Glied aufstellen müssen und sie ahnte schon, an wem diese undankbare Aufgabe hängen bleiben würde. Als Anton zu sprechen begann, wusste Marie, dass sie Recht hatte.

»Ich werde nicht bleiben. Meine Studienplatzbewerbung wurde angenommen, ich …« Mitten im Satz brach er ab. »Es tut mir leid. Was bleibt mir hier noch zu tun, Marie? Verzeih mir.«

Die Ankündigung seines baldigen Auszuges ließ sich für Marie kaum greifen. Natürlich hatte sie Verständnis für ihren Bruder und dennoch war für sie diese veränderte Situation, mit der sie sich von einem Moment auf den anderen konfrontiert sah, unvorstellbar. Wieso hatte er die Entscheidung ohne sie getroffen? Dennoch, sie würde sich ihm nicht entgegenstellen.

»Ich bin doch auch noch da«, hörte sie sich selbst benommen sagen, um ihrem kleinen Bruder zu helfen mit seinem eigenen Entschluss zu leben. So kam es, dass Anton ging und Marie zurückblieb.

Nachdem Anton seine Koffer gepackt und das elterliche Haus verlassen hatte, wirkte der Vater die erste Zeit über vollkommen verloren. Er sprach niemals darüber, aber man konnte ihm seine Bestürzung deutlich ansehen. Sein linker Mundwinkel, den er noch willentlich ansteuern konnte, zuckte häufig, weil er ihn, ohne dabei jegliche Freude zu empfinden, viel zu angestrengt gen Himmel zog. Diese Versuche, seine Umwelt in Bezug auf sein wahres Innenleben zu täuschen, wirkten erbärmlich.

Der Vater, die Mutter, Marie, alle drei verstanden sie Anton. Selbstverständlich musste er sich um seine Zukunft kümmern, hatte doch vor allem Franz immer gewollt, dass seine Kinder frei wählen können sollten.

Leider aber vermochte diese vernünftige Herangehensweise nicht über den heiß in Franz bohrenden Schmerz zu siegen. Sein Sohn hatte ihn verlassen.

Für Marie hingegen bedeutete der Weggang des Bruders in erster Linie, dass sie in ihrer jetzigen Situation zwar ausharren würde, solange es nötig wäre, aber nicht ohne ihre eigenen Bedingungen zu stellen.

»Mutter, ich bleibe an deiner Seite, aber nur unter einigen Voraussetzungen«, trat sie nach einiger Zeit, die Hände in die Hüften gestemmt, an ihre Mutter heran. Damit waren die gemiedenen, weil gefürchteten Verhandlungen eröffnet. »Vater muss einer Pflegehilfe zustimmen und wir brauchen jemanden, der uns auf dem Hof unterstützt.«

Carola nickte. »Und was wird mit dem Wald?«, sprach die Mutter aus, was keiner bisher gewagt hatte.

Marie stieg es in heißen Wellen nach oben, ein gefühlt ziegelsteingroßer Klumpen in ihrem Hals nahm ihr den Atem. »Solange wir noch Geld haben, können wir ihn verpachten, ansonsten …« Diese kühle Bemessung der Möglichkeiten kam zugegebenermaßen sehr hart über ihre Lippen. Ihre Stimme klang dabei nicht im Mindesten brüchig, obwohl Marie das Gefühl hatte ihre Welt würde jeden Moment zerbrechen. Von außen betrachtet hätte man ihr nach diesem Auftritt kalte Berechnung vorwerfen können, doch ihr Inneres schrie das spiegelverkehrte Gegenteil.

»Wenn wir den Wald verkaufen, bringt ihn das um. Das würde ihm mehr zusetzen als zwei, zehn, was sage ich, hundert Schlaganfälle«, versuchte die Mutter die Gedanken ihrer Tochter zu zügeln. Sie war aufgebracht und gleichzeitig machtlos gegenüber Marie, die sich lediglich getraute die Notwendigkeiten darzulegen.

»Mutter, wir verkaufen ihn ja nicht«, sagte Marie beschwichtigend. »Noch nicht«, fügte sie nur für sich in ihrem Kopf hinzu und erschauerte angesichts dieser Grausamkeit. Sie wusste, dass man manchmal nicht alles aussprechen musste, weil es ein jeder auch so verstand. Damit war alles gesagt und Marie würde die notwendigen Schritte in die Wege leiten.

Eines Abends stand ihr langjähriger Freund Markus vor der Tür. »Komm, ich will dich entführen«, überfiel er sie sichtlich gut gelaunt.

Marie war an diesem, wie an jedem Tag um fünf Uhr dreißig aufgestanden, hatte die Tiere versorgt und im Anschluss der Mutter bei der schweißtreibenden Aufgabe, den Vater aus dem Bett in den Rollstuhl zu verfrachten, geholfen.

Dann war sie in die Arbeit geradelt, sieben Minuten nur sie mit sich, den, wenn auch kühlen, Wind in den Haaren, ansonsten niemand, keine Hand, die nach ihr griff, nichts Menschliches. Nur Autos, Straße, Beton. Den ganzen Tag über Kinderstimmen und kleine Persönlichkeiten, die über allerlei Freud und Leid hinweggerettet werden mussten. Abends sieben Minuten mit dem Fahrrad zurück, langsame Schwere in den

Beinen, müde Augen und dieses wunderbare Geräusch der über die Straße gleitenden Reifen im Ohr.

Schon der erste Schritt durch die offene Haustür
hatte Marie heute die hart gewordenen Fronten verraten. Vollkommen aufgelöst, mit einem offenbar von
Tränen merkwürdig aufgequollenen Gesicht, war die
Mutter bereits im Eingang auf sie zugeeilt. »Marie, er
will schon wieder nicht essen. Und getrunken hat er
heute auch nicht mehr als einen Liter. Wie soll ich das
denn alles in ihn reinbringen, wie der Arzt gesagt hat,
wenn er nicht mitmacht? Dieser sture, alte Bock.« Die
Tränen traten erneut unaufhaltsam hervor. »Ich kann
nicht mehr, ich kann einfach nicht mehr. Wenn er
nicht isst, kommt er ins Heim, sag ihm das.«

Gleich einem kopflosen Huhn rauschte die Mutter
vorbei an ihrer Tochter in die Küche. Sie würde sich
dort an den Tisch setzen, auf ihren angestammten
Platz, an dem sie jahrelang mit ihren Händen Teig
ausgerollt, Hausaufgaben korrigiert und Abrechnun-
gen geschrieben hatte. Dort nun würde sie ihr Gesicht
in ihren Händen verbergen, als wolle sie es auf diese
Weise wenigstens für sich selbst noch bewahren und
dabei ihre eigene Verzweiflung spüren.

»Mama«, wollte Marie sagen, »nicht so laut, er
kann dich doch hören.« Aber sie behielt ihn für sich,
diesen Satz, der ihr so wichtig vorkam und doch gerade nichts ändern würde.

Behutsam ging Marie ins Wohnzimmer, wo der
Vater leicht nach vorne gekippt mit geschlossenen

Augen in seinem Rollstuhl saß. Um ihn herum war alles still. Er trug noch das Küchentuch, das Carola ihm offenbar als eine Art Latz vorne im Ausschnitt seines Pullovers festgeklemmt hatte.

»Papa, schläfst du?«, fragte Marie leise. Sanft berührte sie ihren Vater an der Schulter. »Das muss doch wehtun, wie er dasitzt«, dachte sie sich. »Wer weiß, wo er gerade ist?« Es schmerzte sie, ihn zurück in die Realität zu holen, doch es war schon geschehen.

Er schnappte ein paar Mal nach Luft und sie konnte förmlich sehen, wie er sich zurückkämpfen musste. Verwundert schaute er sie an. Der Vater, die Tochter, ihrer beiden Gesichter direkt gegenüber. »Wo ist Anton?«, fragte er sie verwirrt.

»Papa, Anton ist doch …« Marie brach ab und schloss die Augen, für ein paar Sekunden nur, aber die genügten ihr, um zu beschließen, dass es nun für sie als Tochter an der Zeit war, ihrem Vater etwas zu geben, das er mehr brauchte als Rollstühle und Treppenlifte. Dann öffnete sie die Augenlider wieder, langsam, verheißungsvoll und begann mit festem, bedeutungsschwerem Blick zu erzählen:

Die Geschichte mit dem Wolf

»Schon seit geraumer Zeit gab es ein Gerücht innerhalb des Dorfes, das von Haus zu Haus, von Mund zu Mund weitergegeben wurde. Stets ward ein jeder, der es zu hören bekam, zu Stillschweigen verpflichtet worden, musste es in die Hand hinein versprechen, es bei sich zu behalten, so wie einst dem jetzigen Überbringer des Gerüchts diese Zusage ebenfalls abgenommen worden war.

War dieses Vorhaben zunächst auch ehrenvoll und mit Stolz angetreten worden, so bröckelte doch bald dieses eherne Bollwerk. Die Kraft, die Verschwiegenheit aufrechtzuerhalten, versiegte mit jedem Tag und jedem Zusammenbeißen der schweigsamen Zähne ein Stückchen mehr. Man wollte schließlich seine Nächsten schützen, seine Liebsten. War es nicht sogar eines jeden vermaledeite Pflicht, dies zu tun und sich dabei mächtig und gönnerhaft zu fühlen?

›Lass deine Kinder lieber nicht mehr allein in den Wald‹, begann die unerlaubte Verbreitung dieses nicht bewiesenen Geredes zumeist. ›Ich darf eigentlich nicht darüber sprechen, aber da gehen Dinge vor sich …‹

Mit dieser vagen Andeutung eines Geheimnisses, die zwangsläufig Angst und Schrecken hervorrufen musste, gab sich natürlich niemand zufrieden. Viele Bewohner des Dorfes besaßen Waldstücke. Sie konnten nicht wegbleiben von ihren Bäumen, wollten es auch nicht.

Die wildesten Theorien kursierten. ›Ja, wieso? Hält sich dort vielleicht ein Mörder versteckt? Oder ein Vergewaltiger?‹

›Da hat bestimmt wieder jemand Giftköder ausgelegt. Die Kinder sind aber nicht so dumm. Die essen diesen Dreck nicht.‹

›Habt ihr einen tollwütigen Fuchs erwischt?‹

Wenn der Geheimniskrämer immer noch nicht preisgeben wollte, worum es in Wahrheit ging, geriet er immer mehr in Bedrängnis. ›Willst du dich vielleicht wichtigmachen mit deiner ach so geheimen Information?‹

›Ich glaube schon bald, da ist gar nichts.‹

›Vielleicht hat ja einer das Ungeheuer von Loch Ness im Dorfweiher entdeckt.‹

›Ja, aber in Goldfischformat.‹ So und noch schlimmer gingen ihn die Menschen, die er doch nur hatte warnen wollen, unwirsch an und lachten ihn aus.

Dann kam es, wie es kommen musste und wie es immer kam. Nur ein kleiner Zipfel vom großen Wissen genügte schon, um die Meute Blut lecken zu lassen und sie bohrten und scharrten, bis sie auch den letzten Rest davon erschnüffelt und ausgebuddelt hatten.

›Also gut, ihr gebt ja sonst ohnehin keine Ruhe. Aber erzählt das, was ich euch jetzt sage, niemandem weiter, versteht ihr, keiner Menschenseele. Sonst haben wir hier die Behörden in unserem kleinen Dorf und die bestimmen dann über uns und wie wir mit dem Problem umgehen sollen. Dann ist es aus mit unserer Freiheit. Das Fernsehen wird kommen und alles wird genauestens beobachtet werden. Das können wir nicht riskieren.‹

Dies war der Punkt, an dem der Träger die Last des Geheimnisses nicht mehr aushielt und bereitwillig zu erzählen begann, um sich die langersehnte Erleichterung zu verschaffen. Und so begann er zu erzählen:

›Zunächst einmal von Anfang an. Die Frau vom Huber, zugegeben eine hysterische Kuh, war vor einiger Zeit mit ihrem Hund in der Dämmerung im Wald unterwegs. Da hatte sie auf einmal das Gefühl, dass da noch etwas in ihrer Nähe war, ein anderes Lebewesen, wie sie zu spüren glaubte. Richtig unheimlich sei ihr auf einmal zumute geworden, soll sie ihren Freundinnen danach ganz aufgeregt erzählt haben. Der Hund muss ihren Schilderungen gemäß auch unruhig geworden sein.

Wenn ihr mich fragt, dann ist bei der so einiges unheimlich, es würde mich nicht wundern, wenn sie ein harmloses Glühwürmchen für einen gefährlichen Drachen hielte, aber darum geht es jetzt nicht. Entscheidend ist, dass ein Stück vor ihr wohl tatsächlich etwas ihren Weg kreuzte. Es war kein Reh, das konnte sie angeblich genau erkennen, sondern ein graues Tier mit einem buschigen Schwanz, recht mager und mit einem trottenden Gang. Sie war sich nicht sicher, um was für ein Lebewesen es sich handelte, und das spricht doch für eine gewisse Seriosität ihrer Erzählung in diesem speziellen Fall. Sonst weiß und spürt sie ja immer alles ganz genau. Auf jeden Fall schloss sie nicht aus, dass es sich um einen Wolf handeln konnte.

Mit dieser Aussage war eine Idee geboren, die in den Köpfen aller, die davon hörten, zu wachsen und zu gedeihen begann. Eigentlich sind Wölfe von Natur aus scheu und würden sich nie so nahe an Menschen heranwagen. Ein solches Verhalten erschien völlig unlogisch und wo sollte er auch bitteschön herkommen?

Mit der Geschichte der überdrehten Huberin war es aber leider nicht getan. Auch andere Leute aus dem Dorf berichteten von merkwürdigen Ereignissen, einem riesigen, wolfsähnlichen Hund, den sie gesehen haben wollten, zwei gerissenen Schafen, für die auch der Wolf als Schuldiger gut passte. Doch keiner ließ diese Vermutungen offiziell werden, wollte sich niemand zum Gespött der Leute machen, sollten die Medien auf einmal von einem Jahrhundertwolf berichten, ohne dass es auch nur den Hauch eines Beweises dafür gab.

Außerdem haben ein paar von uns beschlossen den Fall Wolf besser selbst zu regeln, ihn gegebenenfalls unschädlich zu machen, ohne Genehmigung und Vorschriften. Denn haben, nein, haben wollen wir ihn hier bestimmt nicht.‹

An dem Abend, als diese unglaubliche Geschichte von einem Freund des Hauses auch in seiner Familie publik gemacht wurde, hatte der erst vor Kurzem ins

Erwachsenenalter eingetretene Anton dabeigesessen und dieser unglaublichen Nachricht gelauscht.

Ein Wolf im Wald, in seinem Wald! Wie viele Male hatte er als Kind dort gespielt und sich dabei vorgestellt, es gäbe Wölfe und Bären, die miteinander kämpften? In seiner Fantasie war der Wolf zwar stets schwächer als der Bär, aber er war wendiger und schlauer, so dass er ein ums andere Mal unbeschadet davonkam, auch wenn er den Bären seinerseits niemals hätte besiegen können. Ein Lächeln zauberte sich auf sein Gesicht.

Seine neben ihm sitzende Schwester Marie erahnte, was dies zu bedeuten hatte. Ihr Bruder würde niemals zulassen, dass die anderen aus dem Dorf Jagd auf den Wolf machten. Anton wiederum sagte nichts. Er wusste, dass es sinnlos war, sich öffentlich gegen die Entscheidung der Allgemeinheit zu stellen, sich des Wolfes, sofern es ihn überhaupt gab, zu entledigen. Dieser Beschluss war schon viel früher, weit bevor der Verdacht zu Anton gelangt war, von anderen gefasst worden.

Stattdessen begab sich der junge Mann selbst auf die Suche. Von der Dämmerung bis zum Morgengrauen saß er gespannt auf Hochsitzen, nur das Fernglas im Schoß, ansonsten völlig unbewaffnet. Manchmal sah er einen Schatten vorbeihuschen und hielt ihn für die Ahnung eines graumelierten Fellbusches.

Dann wiederum, als ihm die Augen doch zufielen, riss es ihn aus dem angedeuteten Schlaf, denn er meinte etwas Struppiges habe ihn am Bein berührt, was schlichtweg unmöglich war, befand er sich hoch oben auf dem Jägerstand. Er wünschte sich so sehr die Augen des Wolfes wenigstens einmal leuchten zu sehen, damit das majestätische Tier wusste, dass er für ihn da war.

Unzählige Nächte ging das so und Anton wurde müder und müder. Ohne ein Wort hatte der Vater ihn jeden Abend fortgehen und in der Früh zurückkommen sehen. Dann endlich war er seinem Sohn heimlich gefolgt und als er ihn den Ansitz hinaufklettern sah, mit nichts als einer Taschenlampe, einem Fernglas und einer Kamera im Gepäck, da wusste er, dass der Junge den Wolf retten wollte.

Unterdessen braute sich unter den Dorfbewohnern ein immer heißeres und gefährlicheres Gebräu zusammen. ›Knallen wir den Wolf ab. Er bringt Unglück über uns‹, forderten die einen. Die etwas Besonneneren unter ihnen hielten dagegen: ›Seid ihr wahnsinnig geworden? Bis dato liegt uns kein Beweis vor, dass da draußen wirklich ein Wolf herumstromert. Ihr könnt doch nicht wild um euch ballernd in den Wald stürmen.‹

Noch gab es diese gemäßigten Stimmen, aber es würde nicht mehr lange dauern, ein neuer gesichteter Schweif, ein weiteres totes Huhn, das in Wirklichkeit der Fuchs geholt hatte, und die Sache wäre beschlossen, auch ohne Mehrheit. Der Vater musste den Sohn schützen, bevor dieser in einen unaufhaltsamen Kugelhagel zwischen die Fronten geriet. Der aufgepeitschten Bande dürstete es nach einer Trophäe und nicht nach einem jungen Mann, der sich um einen Wolf sorgte.

Als der Sohn sich an einem Abend in der hereinbrechenden Dunkelheit wieder aus dem Haus schleichen wollte, stellte sich der Vater ihm entschlossen in den Weg. ›Warum meinst du, dass du das ganz allein durchziehen solltest?‹, konfrontierte er ihn ohne Umschweife.

›Papa, ich weiß nicht …‹

Antons Versuch, sich herauszureden, wurde augenblicklich von seinem Vater unterbrochen. ›Ich aber weiß, dass du jede Nacht im Wald bist und auf einen Wolf wartest, der anscheinend noch nicht gekommen ist. Oder etwa doch?‹

›Nein, das heißt, vielleicht schon. Wenn er es war, dann ist er zumindest sehr scheu. Sie dürfen ihn nicht einfach abschießen, Papa, das ist nicht richtig.‹

›Warum denkst du, dass es nicht richtig ist, sich zu schützen? Die Leute haben Angst um ihre Kinder, ihre Tiere. Wiegt das nicht mehr?‹, forderte der Vater seinen Sohn heraus, um ihn auf die Probe zu stellen. War Anton lediglich ein Träumer oder hatte er das Problem in seinen zahllosen Facetten schon zu Ende gedacht?

Anton ließ sich durch die Worte seines Vaters nicht beirren. ›Ich will ihn gerne fangen und an einen anderen Ort bringen, an dem er leben kann und es für ihn und für uns sicher ist. Diese Option wurde aber noch gar nie aufgebracht. Zum Abschuss freigegeben, das ist alles, woran die Leute denken können, weil es einfacher ist. Eine saubere Lösung, sagen sie zu diesem Gemetzel aus Blut und Knochen und Eingeweiden.‹

Seine Zustimmung signalisierend nickte der Vater. Offenbar hatte sein Sohn einen Plan. Das war es, was er hatte in Erfahrung bringen wollen. ›Wenn du es so willst, dann gehe ich mit dir‹, bot er ihm an.

Erst jetzt fiel Anton auf, dass sein Vater seine Waldkleidung trug und einen Rucksack mit Verpflegung bereitgestellt hatte.

›Noch was, mein Lieber, ich habe einen Leckerbissen für deinen Freund dabei.‹ Der Vater zog ein saftiges Stück Fleisch aus einer Plastiktüte, die er in seiner Manteltasche versteckt hatte. ›Dann lass uns mal sehen, ob er gerne Schnitzel frisst.‹

Zu zweit war es auf dem Hochsitz zwar um einiges enger, aber zugleich auch wärmer. Der Vater hatte das Fleisch für den Wolf an einem Stock festgebunden und diesen in ein paar Metern Entfernung fest in die Erde geschlagen. Auf diese Weise konnte es nicht von einem anderen Tier einfach weggezogen werden und, falls der Wolf sich wirklich blicken lassen sollte, wäre dieser eine Zeit lang damit beschäftigt. Es war nötig, den Wolf richtig zu Gesicht zu bekommen, um ihn eindeutig identifizieren und dementsprechend weitere Schritte einleiten zu können.

Und so wachten sie abwechselnd und so schliefen sie abwechselnd. In dieser und in der nächsten Nacht. Ein Wolf jedoch ließ sich nicht blicken.

Der Blutrausch der Dorfgemeinde hingegen war nun auf seinem Höhepunkt. Angeblich hatte die Schwiegermutter des Bürgermeisters den Wolf jetzt ebenfalls gesehen, als sie aus purer Neugierde in den Wald gegangen war. Vor lauter Schreck habe ihr Herz mindestens ein bis zwei Schläge lang ausgesetzt, schilderte sie im Nachhinein. Der Wolf habe ganz starr vor ihr gestanden und hatte sich, nachdem er zunächst ihre Witterung aufgenommen hatte, anschließend davongemacht. ›Was wäre gewesen, wenn er mich angegriffen hätte? Mit einem einzigen Biss hätte dieses Ungetüm mir die Gurgel zerfetzen können. Ich habe unglaubliches Glück gehabt‹, malte sie vor den begierig lauschenden Ohren der Dorfbewohner das verpasste Grauen genüsslich aus.

Damit war die Vollstreckung endgültig in die Wege geleitet. Alle, die einen Jagdschein besaßen, sollten in der Nacht von Freitag auf Samstag, fernab jeglicher behördlichen Absegnung, ausrücken. Auch Antons Vater war Jäger.

›Anton, du darfst Freitagnacht unter gar keinen Umständen in den Wald. Die werden auf alles schießen, was sich bewegt. In ihrem Wahn knallen sie dich genauso ab. Zudem habe ich die Befürchtung, dass sie sich noch gegenseitig erschießen‹, warnte er seinen Jungen eindringlich.

›Wir müssen doch irgendetwas unternehmen können.‹ Verzweifelt schüttelte Anton den Kopf. ›Ich habe mich noch nie so machtlos gefühlt, Papa.‹

›Wir könnten schon etwas tun.‹ Seit einigen Tagen geisterte eine Idee im Kopf des Vaters herum, die sehr einfach umzusetzen, aber äußerst unpopulär wäre. Deshalb hatte sich bislang wohl auch noch keiner an sie herangewagt.

›Was ist es, Papa?‹, wollte sein Sohn voller Ungeduld wissen.

›Wir rufen die Polizei an, dann hat das ganze Spektakel ein Ende. Weißt du was, ich werde es sofort tun.‹ Ohne weiter die Vor- und Nachteile seines Vorhabens gegeneinander abzuwiegen, holte er umgehend das Telefon. Sein Gang war dabei aufrecht und stolz.

Die Polizei und die oberste Forstbehörde machten dem Dorf noch am selben Tag ihre Aufwartung. Auch die Medien hatten von der Sache Wind bekommen und erschienen mit großem Aufgebot. Alle Zeugen, die den Wolf gesehen haben wollten, wurden mehrfach interviewt und erzählten in immer schillernderen Farben von der beeindruckenden Schönheit des Tieres und wie angsteinflößend und gefährlich es zugleich gewesen sei.

Anton wollte sich nicht an dieser Scharade beteiligen, war er sich doch nicht einmal sicher, ob er je wirklich einen Wolf gesehen hatte.

Weder in den nächsten Tagen noch Wochen konnte tatsächlich ein Wolf entdeckt werden und so verebbte langsam das Interesse der Behörden, der Fernsehsender und der Zeitungen an diesem Thema. Im Nachhinein war die gesamte Gemeinde im Grunde genommen froh, wie alles schlussendlich gekommen war.

›Wie leicht hätte doch etwas passieren können. So viele Männer mit Gewehren draußen im Wald‹, war es der Schwiegermutter des Bürgermeisters bei dieser Vorstellung nun doch nicht mehr ganz so wohl. Nur eine Frage blieb trotzdem ungeklärt. Wo war die lecke Stelle? Dorfgeheimnisse zu verraten war schließlich kein Kavaliersdelikt.

In dem jungen Anton aber hatte die unglaubliche Geschichte um den vermeintlichen Wolf eine solche Sehnsucht nach dieser Kreatur erweckt, dass er nicht eher ruhen konnte, als dass er ein Wildgehege ausfindig machte, in dem sich einige dieser faszinierenden Tiere frei von jeglicher Anfeindung bewegen konnten. Dort lebt er nun als Teil eines Rudels, doch ab und zu kommt er nach Hause zu seinem Vater, der ihn und den Wolf gerettet hat.«

Marie senkte die Stimme und sah ihren Vater an. An die Stelle seines angespannten, zeitweise vergeblich um Orientierung bemühten Gesichts war eine weiche, breite Fläche getreten, die sich voll Lebendigkeit mit allerlei Gefühlen füllte. So gut er es bewerkstelligen konnte, lächelte er sie an.

Marie fiel es schwer, ihre Rührung zu verbergen. In den letzten Minuten war eine Nähe zwischen ihnen beiden entstanden, die sie seit Kindheitstagen in dieser Intensität nicht mehr hatte spüren können. Der Faden, den die Geschichte gesponnen hatte, war kraftvoll genug, um sie beide miteinander in Verbindung zu bringen. »Gut, dass ich noch geblieben bin«, dachte sie bei sich, doch gleichzeitig kam ihr der alles entlarvende Gedanke: »Und jetzt?«

Am Abend nach diesem langen Tag stand nun also Markus vor der Tür, um sie abzuholen. Der Zielort war ihr unbekannt, ein Umstand, der ihr erst zu spät auffiel, um noch weitreichend in das Geschehen eingreifen zu können. Marie war unglaublich müde, doch brachte sie es nicht über das Herz, ihm einen Korb zu geben, was in letzter Zeit ohnehin viel zu oft der Fall gewesen ist.

Also fuhr sie mit und wäre im Auto bereits tief und fest eingeschlafen, hätte er nicht dauernd herumgezappelt, nervös am Radio herumgespielt und seinen Gesichtsausdruck immer wieder im Rückspiegel überprüft. Hätte sie noch mehr Elan gehabt, es wäre ihr ein Vergnügen gewesen, ihn wegen seiner Mimikübungen aufzuziehen, aber so ließ sie ihre Augenlider langsam über ihre sich unangenehm trocken anfühlenden Augäpfel gleiten und döste vor sich hin.

»Marie, wir sind da«, stupste Markus sie an.

Zu ihrer Überraschung hatte Markus vor einem feinen Restaurant ein paar Ortschaften weiter Halt gemacht, für das sie, wie sie nun feststellen musste, nicht entsprechend gekleidet war. Zudem war ihr nicht geheuer, was sie in einem derart schicken Lokal seitens ihres Freundes erwarten würde. Gleich zwei gute Gründe, unter gar keinen Umständen bei diesem Spiel mitzumachen.

Als Markus sie dennoch gegen ihren Protest hineinführte, wütete ihr Herzschlag so stark zwischen Mageneingang und Zwerchfell, dass sie meinte, sie müsse sich jeden Moment übergeben oder zumindest einen vorübergehenden Kollaps erleiden. »Dann schon lieber umfallen«, dachte sie bei sich. Das wirkte bei Weitem vornehmer und sie hoffte, dass man sie im Anschluss daran einfach eine Weile lang in Ruhe lassen würde.

Doch weder der eine noch der andere Fall trat ein, so dass sie sich kurz danach an einem vornehm eingedeckten Zweiertisch wiederfand. Unwillkürlich zuckte sie zusammen, als Markus' Hand die ihrige zärtlich ergriff. Selbst ihre Hand fühlte sich so unfassbar erschöpft an, alle Poren, alle Härchen waren überreizt von den Tausenden und Abertausenden Berührungen des vorangegangenen Tages, der in seiner Anzahl an Stunden über sich hinausgewachsen zu sein schien. Langsam in den Unterbauch atmend versuchte sie sich ein wenig zu entspannen.

»Marie, es ist etwas Unglaubliches passiert«, legte Markus, der sich offenbar bester Laune erfreute, umgehend los. »Heute hat mich ein Headhunter angerufen. An dem Institut für angewandte Chemie, mit dem ich schon die ganze Zeit liebäugle, du weißt schon, von dem ich dir vorgeschwärmt habe, gäbe es eine interessante Stelle für mich im Bereich Forschung und Innovation. Das wäre genial, eine Riesenchance für mich. Was sagst du? Ist das nicht ein Wink des Schicksals?«

Marie wusste nicht so recht, wie sie auf ihren von Endorphinen aufgepeitschten Freund reagieren sollte. Erschreckenderweise konnte sie kein der Situation angemessenes, emotionales Muster in sich finden oder gar abrufen. Auf eine merkwürdige Art und Weise war für sie im Moment nicht ein einziges ihrer ansonsten vertrauten Gefühle verfügbar.

»Wie sind die denn überhaupt auf dich gekommen und wann würde es losgehen?«, tat sie an Einzelheiten interessiert. Fragen zu stellen, um sich selbst Zeit zu verschaffen, war ihrer Meinung nach immer ein kluger Schachzug.

»Noch weiß ich nichts Genaues. Ich muss erst mal meine Unterlagen hinschicken. Dieser ganze Bewerbungsprozess wird seine Zeit dauern und ich müsste natürlich auch ein paar Mal hinfahren.«

Marie hatte keine Vorstellung, wo sich dieses Institut genau befand. Sicherlich hatte er ihr davon erzählt, aber sie konnte sich beim besten Willen nicht daran erinnern. Die Blöße, ihn danach zu befragen, wollte sie sich nicht geben. Zudem war sie sich sicher, ihn mit ihrer Unwissenheit zu verletzen.

»Marie, könntest du dir vorstellen, mit mir dort zu leben? Sicherlich, es ist ein ganz schönes Stück, ich schätze ungefähr fünf bis sechs Fahrtstunden von hier entfernt, aber Arbeit findest du dort sicher ohne Probleme und wir könnten uns etwas Eigenes aufbauen.«

Marie konnte die Begeisterung hinter seinen Worten spüren. Über die vielen Jahre hinweg, die sie sich schon kannten, hatte er ihr nie einen Grund geliefert, an der Echtheit der Gefühle, die er für sie hegte, zu zweifeln. »Ich, Markus, ich weiß nicht, was ich sagen soll. Ich freue mich für dich, aber das kommt alles sehr plötzlich«, stammelte sie. Eine unerträgliche Anspannung, vielmehr noch eine schmerzhafte Zerrissenheit, die sie in sich verspürte, hinderte sie am Weitersprechen. Mit welcher Energie sollte sie den Anforderungen, die ihr Partner mit einem Male an sie stellte, nun auch noch gerecht werden? Bislang ist er immer in angenehmer Ferne gewesen.

»Was ist los mit dir? Ich dachte, du freust dich. Endlich mal raus aus der Provinz, die Welt sehen. Das muss auch nicht unser letztes Ziel bleiben. Wir sind jung, wir sind frei. Wann, wenn nicht jetzt?« Das Leuchten in seinen Augen hatte trotz des kleinen Dämpfers, den sie ihm mit ihrer Zurückhaltung verpasst hatte, noch nicht nachgelassen.

»Und was ist mit Papa? Ich kann ihn doch nicht einfach zurücklassen«, platzte es trotziger, als Marie es gewollt hatte, aus ihr heraus.

Markus reagierte prompt: »Seit über sechs Jahren führen wir wegen des Studiums, der Arbeit und deinem Vater eine Fernbeziehung. Das kann doch nicht das Ziel sein. Hast du ihn denn auch nur einmal gefragt, ob er will, dass du tagein, tagaus neben ihm sitzt und dabei dein Leben wegwirfst?« Sein Ton hatte deutlich an Schärfe gewonnen.

»Wie soll ich ihn so etwas fragen? Du weißt, dass er mich nie bitten würde zu bleiben, ganz egal wie sehr er mich auch immer brauchen mag. Das ist dir doch wohl klar«, warf sie ihm an den Kopf. Marie wusste, dass sie Markus gegenüber, der ihr all die Jahre so viel Verständnis entgegengebracht hatte, ungerecht war.

Ein eisiges Schweigen breitete sich zwischen ihnen aus, das Markus erst nach einigen Minuten mit nunmehr kalt funkelnden Augen unterbrach. »Du musst dich entscheiden, denn ich kann nicht ewig warten. Kein Mensch weiß, wie lange das noch geht, ein Jahr, drei Jahre, zehn Jahre«, zählte er ihr vor.

Marie konnte kaum glauben, was er damit zum Ausdruck bringen wollte. Beängstigend ruhig fragte sie ihn: »Wie lange was geht? Was willst du mir damit sagen?«

»Ich meine damit, bis er stirbt, meine Liebe, bis er stirbt«, knallte er ihr mit einem unverkennbar gehässigen Unterton vor die Füße, während er sich dachte: »Bis er endlich stirbt.«

Antons weiterer Weg (erzählt von Marie)

Die Zeit, die ich brauchte, um endgültig zu begreifen, dass ich in nicht allzu weiter Zukunft Vater sein würde, war geprägt von einem turbulenten Wechsel zwischen Vorfreude, Ungläubigkeit und einer gehörigen Portion Unsicherheit.

Tamara hingegen schien mit dem Fortschreiten ihrer Schwangerschaft im gleichen Ausmaß ein vollkommen biologisches Wesen zu werden, wie sie vorher im Zuge ihres Studiums ein durch und durch geistiges geworden ist. Sie war wunderschön, wie sie mit ihrem federnden Gang nun zwei Wesen gleichzeitig dem Himmel mit jedem Schritt ein Stückchen näher brachte.

Ein ungutes Gefühl beschlich mich stets, wenn ich an Marie dachte und wie ich es ihr beibringen sollte, dass sie Tante wurde. Ich würde vor ihr, der Älteren von uns beiden, Vater werden. Zu meiner Schande musste ich gestehen, dass ich nicht einmal darüber im Bilde war, wie es aktuell um ihr Liebesleben stand. Um ehrlich zu sein, wusste ich gar nichts mehr von ihr.

Wenn wir telefonierten, sprachen wir über Vaters Gesundheitszustand und kurz von Mutter. Stets erkundigte sie sich nach meiner Arbeit und ab und an nach Tamara. Ich hingegen fragte sie nie etwas. Tamara war bereits im fünften Monat schwanger, als sie mir vorschlug meine Eltern seit langer Zeit wieder einmal zu besuchen.

Sie wollte die frische Landluft durch sich hindurch für das ungeborene Kind, von dem wir mittlerweile wussten, dass es ein Mädchen werden sollte, atmen. Dabei ahnte sie nicht, dass ich die frohe Botschaft zu Hause noch nicht verkündet, es einfach noch nicht über mich gebracht hatte. Dementsprechend entsetzt war sie, als ich ihr erklärte, ich bräuchte einen gewissen Vorlauf, bis wir meine Familie besuchen konnten, weil ich die Schwangerschaft ihnen gegenüber noch nicht erwähnt hatte.

»Das verstehe ich nicht. Wie kannst du so etwas Wichtiges über fünf Monate lang geheim halten? Hast du Angst, deine Eltern könnten sich über das Baby nicht freuen? Oder sind sie etwa mit mir nicht einverstanden?«, feuerte sie zielsicher ihren Fragenkatalog auf mich ab.

»Es geht doch überhaupt nicht um dich«, erwiderte ich leicht verärgert. Für meinen Geschmack drehte sich ihre Welt manchmal zu sehr um sie selbst. »Ich hatte einfach nicht das Gefühl, ein Recht darauf zu haben, der Überbringer guter Nachrichten zu sein.«

Tamara war klug genug zu begreifen, dass sie an diesem sensiblen Punkt ihren Frontalangriff abmildern musste, wollte sie nicht riskieren, dass ich mich aus der Diskussion verabschiedete. »Anton, deine Familie wird sich bestimmt freuen. Ein Kind ist doch immer auch ein Stück Hoffnung. Es macht deinen Vater nicht wieder gesund, aber vielleicht gibt es deiner Mutter neue Kraft, um das alles besser durchzustehen.«

»Und was ist mit Marie?«, warf ich stockend ein. Ein Gefühl von Scham, das mir urplötzlich den Hals hinaufkroch, zwang mich zu mehrmaligem Schlucken.

Behutsam nahm Tamara meine Hand und legte sie auf ihren gewölbten Bauch. »Marie wird ihr eigenes Leben führen, da bin ich mir ganz sicher.«

Daraufhin nahm ich meinen ganzen Mut zusammen und so geschah es, dass ich mich in dieser Nacht zum ersten Mal in meinem Leben hinsetzte, um meiner Schwester Marie eine Geschichte zu erzählen, ihr, meiner großen Schwester.

Die Geschichte der kleinen Fee

»Ganz weit draußen in einer Welt, in der die Natur noch ihr eigenes Leben führen darf und der Kreislauf des Lebens nicht durchbrochen ist, stand ein tiefer, tiefer Wald. Er war so riesig und seine Bäume wuchsen so hoch, dass man in manchen seiner Teile selbst bei Tageslicht kaum die Hand vor Augen sehen konnte, weil das mächtige Blätterwerk den Himmel beinahe vollständig verdunkelte.

Wiederum fand man liebliche Lichtungen, auf denen die Tiere fröhlich herumtollten und die Pflanzen begierig Sonne tankten. Es gab kleine Bäche, an denen sich die Tiere trafen, um sich dort gemeinsam zu erfrischen. Die Pilze wuchsen mannigfach und das Moos war so weich, dass man meinte, man würde schweben, ganz gleich ob man mit großen oder kleinen Schritten über es hinwegging. Alles passte zusammen, erprobt griff ein Zahnrad mühelos ins andere.

Ein Baum in diesem Wald, der höchste und zugleich bedeutendste, war besonders schön. Die Tiere konnten ihre Köpfe gar nicht so weit in den Nacken legen, als dass sie das gesamte Ausmaß seiner Baumkrone auf einmal hätten erfassen können.

Auch wenn er riesig und die Ausdehnung seiner Krone gigantisch war, so ließ er doch den neben ihm stehenden Pflanzen genügend Licht, damit auch sie wachsen und gedeihen konnten. Die Tiere lebten in und auf ihm, unzählige Vögel bauten auf seinen ausladenden Ästen ihre Nester, Eichhörnchen zogen in den geräumigen Höhlen seines breiten Stammes ihre Kinder auf und der Specht klopfte einen regelmäßigen Rhythmus in seine tiefe Rinde.

Der Frühling, der Sommer, der Herbst und der Winter, sie vergingen und der Baum erhielt stets, wie alle anderen Bäume des Waldes auch, einen neuen

Jahresring. Dieser zeugte nicht nur von seinem Alter, sondern war zugleich eine Auszeichnung dafür, was er für die Tiere und Pflanzen im vergangenen Jahr alles geleistet hatte. So viele Kreise hatte er mittlerweile in seinem Innersten gesammelt, dass er sie kaum noch zählen konnte. Wahrscheinlich war er auch der älteste Baum des Waldes, aber das wusste niemand mit Sicherheit zu sagen.

Einmal brach ein besonders harter Winter über den Wald herein. Die kalte Jahreszeit ist vor allem unter den Tieren gefürchtet, brauchen die Rehe, Hasen und Füchse doch trotzdem weiterhin Nahrung, die in klirrender Kälte und unter einer dichten Schneedecke meist nicht leicht zu finden ist.

Für die Bäume ist es vergleichbar einfach, diese Unwirtlichkeit zu überdauern, werfen die Laubbäume ihre Blätter ohnehin schon lange zuvor ab, um ihre Säfte ins Innere zurückzuziehen, und die Nadelbäume bleiben gut gerüstet immergrün. Am meisten Probleme machen, vor allem den jungen Bäumen, die Tiere, die hungrig ihre Rinden abnagen, so dass die Bäume ihren schützenden Mantel verlieren und selbst zu Grunde gehen können.

Zunächst wurde es immer kälter, unbarmherzig hielt der Bodenfrost Einzug. Kurz darauf begann es zu schneien. Ausgelassen schlugen die jungen Hasen des letzten Sommers ihre Haken um die Schneeflocken herum, war es schließlich das erste Mal, dass sie diese wunderschönen, verzauberten Gebilde vom Himmel auf ihre Stupsnasen herabtanzen sahen. Die Pflanzen, die nicht mit herumspringen konnten, wurden vom ersten Schnee mit einer zarten Schicht, die sie einstweilen noch gut tragen konnten, sanft bedeckt.

Beständig schneite es weiter. Längst waren alle kleineren Gewächse unter einer schweren weißen Decke verschwunden. Auf der Suche nach einem Rest von Essbarem brachen die Tiere mittlerweile in den Schneebergen ein.

Irgendwann wog der Schnee so schwer, dass die Äste einiger Bäume seiner Last nicht mehr standhalten konnten. Unter einem lauten Krachen, ein nicht minder großes Echo nach sich ziehend, brachen sie ab, rissen bei ihrem Sturz in die Tiefe weitere Äste und Pflanzen mit sich und versperrten, am Boden angekommen, nicht selten die Ausgänge von Höhlen und Bauten.

Nach schier endlosen Tagen, keiner hatte mehr daran geglaubt, hörte es endlich auf zu schneien und die Sonne zeigte sich zaghaft am Firmament. Die Bewohner des Waldes jubilierten, meinten, nun sei das Schlimmste überstanden, doch die Schneeruhe war trügerisch.

Die schwachen Sonnenstrahlen hatten die oberen Kristalle lediglich ein bisschen gestreichelt und als die hellgelbe Scheibe dann wieder verschwand, verwandelte sich der angetaute Schnee unter der nun wiederkehrenden Kälte zu tonnenschwerem Eis. Scheinbar im Minutentakt hörte man, wie Äste abbrachen, sogar ganze Bäume umfielen, als wären sie lächerliche Streichhölzer.

Und dann geschah, was kein Baum, kein Tier, kein Halm je für möglich gehalten hätte. Der große Baum war durch den Kampf um das Licht mit den anderen Bäumen in seinen jungen Jahren nicht ganz gerade gewachsen und so bekam er angesichts der Schneemassen, die er zu tragen hatte, Übergewicht auf der Seite, nach der er sich ohnehin von Natur aus schon neigte.

Unter einem Geräusch, als würden drei Donner auf einmal grollen, knickte ein gewaltiges Stück seiner Spitze zur Seite hin ab und fiel auf den nebenstehenden etwas kleineren Baum. Dieser wiederum konnte diese gewaltige Wucht allein nicht abfangen, brach ebenfalls oben ab und rutschte in gleicher Richtung auf den nächsten Baum, der unter angestrengtem Ächzen tapfer standhielt und nun beide stützen musste.

Dann war es zunächst einmal ganz still. Kein Tier traute sich zu rühren, kein Ästchen zu knacken, wusste man nicht, ob das ganze Gebilde bei der kleinsten Erschütterung nicht gänzlich in sich zusammenbrechen und alle Lebewesen in seiner Nähe unter sich begraben würde.

Doch nichts dergleichen geschah. Etliche Tage vergingen, ohne die geringste Bewegung. Dann, nachdem alle aus ihrer Schockstarre allmählich wieder erwacht waren, gewöhnten sich die Waldbewohner langsam an den neuen traurigen Anblick ihres alten Baumes und wenn es ihnen auch – den einen besser, den anderen schlechter – Stück für Stück gelang, so blieb doch eine tiefe Wunde in ihren Herzen bestehen.

Es kam der Frühling und die letzten Schneereste verschwanden tröpfchenweise im Moos des Bodens. Die drei Bäume hingen immer noch ineinander fest. Man könnte meinen, für alle anderen Lebewesen hätte es mit Anbruch des Frühlings weitergehen können wie all die Jahre zuvor und dem ersten Anschein nach tat es das auch, doch bei genauerem Hinsehen hatte sich spürbar etwas verändert.

Sämtliche Bewohner des Waldes wirkten irgendwie farbloser, schwächer, es fehlte ihnen die Schönheit, das Mächtige, das Erhabene in ihrer Mitte, von dem sie selbst, jeder auf seine eigene kleine Weise, ohne es zu merken, auch ein Teil gewesen sind. Trostlos blickten sie zum großen Baum, dessen Glanz nun nicht mehr auf sie abfärbte, und den zwei Gestalten an seiner Seite, deren Aussehen jeden Tag mehr dem Trauerweiden glich.

Einem Dachs, der früher auch einmal in der Nähe das großen Baumes gelebt hatte und nur der Liebe wegen vor einiger Zeit an den Rand des Waldes gezogen war, kam diese erschütternde Geschichte zu Ohren. Selbst hier draußen kannte jeder die Schwärmereien über den großen Baum und sogar bis in diese weit entfernte Gegend konnten die Pflanzen und Tiere die Auswirkungen des tragischen Vorfalls spüren. Die Ausläufer eines unsichtbaren grauen Vorhangs, der neuerdings vom gebrochenen großen Baum ausgehend alles bedeckte, hatte mittlerweile auch die letzte entlegene Ecke erreicht.

›Wie schlimm muss dieses alles eintrübende Netz erst direkt vor Ort sein?‹, fragte sich der Dachs, als er sein immer matter werdendes Fell betrachtete. Drei Tage und drei Nächte lief er in seinem Bau immerzu im Kreis und zermarterte sich das Gehirn, was er unternehmen konnte, um dem Baum und damit letztendlich sich selbst und allen anderen zu helfen.

›Ich habe nicht die Kraft, den Baum eigenhändig aufzurichten oder gar zusammenzubauen. Keiner verfügt über eine solche Stärke. Was kann ich nur tun?‹, fragte er sich ratlos. Schließlich legte er sich erschöpft hin und fiel in einen unruhigen Schlaf.

Gegen Morgengrauen, als er kurz vor dem Erwachen war, erschien ihm im Traum ein sonderbares Wesen. Es war ungefähr so groß wie ein Hasenjunges, rosa, mit zwei Armen und zwei Beinen, schien aufrecht zu gehen und hatte neben seinen riesenhaften Augen ein glänzendes Paar Flügel auf dem Rücken. Außerdem trug es ein hellgrünes, langes Kleidchen, dessen Stoff sich bei jedem seiner Schritte gleich einem Wasserfall geschmeidig mitbewegte. Das Hervorstechendste an diesem Lebewesen aber war, dass alles an ihm, seine Augen, seine Haare, sein ganzer Körper, von einem inneren Leuchten erfüllt war.

›Lieber Dachs, du hast mich mit deinen Träumen gerufen. Was liegt dir auf dem Herzen?‹, sprach diese kleine Figur ihn persönlich an.

Obwohl der Dachs ganz durcheinander war, spürte er, dass er jetzt die Gelegenheit beim Schopf packen musste. Er wollte unbedingt mit diesem Geschöpf sprechen. Vielleicht wusste es etwas, das ihm auf seiner Mission von Nutzen sein konnte. ›Wer bist du? ‹, fragte er sehr vorsichtig, fürchtete er es sonst zu verschrecken.

›Ich bin ein Wesen, das zugleich im, unter und über dem Wald lebt. Die Menschen, die ihr hier nicht kennt, nennen uns Elfen, aber ich habe viele Namen und doch keinen. Manchmal war ich schon lange vorher da und manchmal muss ich erst noch geboren werden.‹

Ihre Antwort war äußerst rätselhaft, aber der Dachs ließ sich davon nicht beirren, als er ihr sein Anliegen vorbrachte. ›Liebe Elfe, wenn du den Wald kennst, dann ist dir sicherlich bekannt, dass wir alle sehr unglücklich sind, weil der Winter den großen Baum gebrochen hat. Uns allen ist elendig zumute. Mit jedem Tag, der unverrichteter Dinge ins Land zieht, fühlen wir unsere Energie mehr und mehr schwinden. Die Pflanzen, die …‹

›Gebrochen hat der Winter den Baum nicht, mein lieber Dachs, nur ein wenig abgeknickt‹, unterbrach die Elfe den Dachs in seinen Ausführungen, der sich von diesem belehrenden Einwurf allerdings nicht stoppen ließ.

›Ich will ihm helfen, doch leider weiß ich nicht wie. Kannst du nicht etwas tun?‹ Dabei war der Dachs sehr nahe an diese seltsame und betörende Kreatur herangerutscht.

Er schnupperte an der Elfe, konnte aber keinen hervorstechenden Geruch wahrnehmen. Vielmehr duftete die sie ein bisschen nach allem, was er kannte und liebte. Am liebsten hätte er sich zu ihren Füßen eingerollt, um sich von ihrer hellstrahlenden Hand kraulen zu lassen, so wohl und seltsam geborgen fühlte er sich in ihrer Gegenwart.

›Wenn ihr, die Tiere des Waldes, mir voller Zuversicht den Auftrag gebt, dann will ich versuchen dem großen Baum zu helfen. Aber zusammenflicken, so leid es mir tut‹, sie zog die Augenbrauen ein wenig nach oben, ›kann auch ich ihn nicht. Mächte, die ihrer eigenen Bestimmung folgen und uns, auch wenn wir das fälschlicherweise zum Teil annehmen, nichts Böses wollen, haben den vergangenen Winter über mit einer unbändigen Kraft gearbeitet. Das gilt es zu allererst zu akzeptieren.‹

Der Dachs nickte ergeben, doch im Geheimen dachte er sich: »Akzeptieren werde ich das nie können.‹ Offen hätte er es jedoch nicht gewagt, der Elfe, die offensichtlich um so vieles weiser war als er, zu widersprechen.

Dann wachte der Dachs mit einem Schlag auf. Rasch blickte er um sich, fürchtete er, die Elfe mit dem Erwachen verloren zu haben. So sehr er sich auch drehte und wendete, er konnte ihre zauberhafte Gestalt nirgends ausmachen.

Sein Herz war gerade dabei, sich angesichts des angenommenen Verlustes schmerzvoll zusammenzuziehen, als er einen leichten Windhauchhinter sich verspürte. In Windeseile riss er seinen Kopf herum.

Dort stand die kleine Elfe aus seinem Traum flügelschlagend mit funkelnden Augen vor ihm in der Luft und teilte ihm ihre Entscheidung mit: ›Ich nehme die Aufgabe an. Bring mich zu dem großen Baum. Schnell!‹ Jetzt galt es für sie, keine Zeit mehr zu verlieren.

Noch am selben Tag nahm der Dachs Abschied von seiner Frau und seinen Kindern und machte sich gemeinsam mit der Elfe auf den Weg vom äußersten Rand des Waldes bis hinein zu seiner tiefen Mitte, um den großen Baum aufzusuchen. Da der Wald so unfassbare Ausmaße hatte, dauerte es einige Zeit, bis sie den großen Baum erreichten, und doch erschien dem Dachs die Reise zu keinem Zeitpunkt beschwerlich.

Das kleine Wesen mit dem hellen Licht begleitete ihn nicht nur, es schien ihn stellenweise förmlich hochzuwirbeln und zu tragen. ›Nun sind wir gleich da‹, stellte die Elfe nach mehreren Tagen fest. ›Sei nicht allzu betrübt über das, was du gleich zu Gesicht bekommen wirst, sondern freue dich vielmehr auf das, was noch kommen mag.‹

Der Dachs schaute nach vorne und tatsächlich, sie standen direkt vor dem großen Baum mit seiner abgeknickten Spitze, die zwei ihn nach wie vor treu stützenden Begleiter an seiner Seite. Auch wenn in ihm die aufmunternden Worte der Elfe noch nachhallten, wurde ihm sein Herz dennoch schwer und er wusste nicht, wohin damit.

Die Elfe schwirrte um den großen Baum herum und betrachtete ihn von allen Seiten, ganz so, als wolle sie ihn eingehend untersuchen. Im Anschluss daran tanzte sie mit von Leichtigkeit anmutenden Bewegungen, die kein Mensch und kein Tier je zu vollbringen vermocht hätte, vor ihm auf und ab. Der Dachs hatte das Gefühl, ein Funkeln würde dabei von ihr ausgehen, welches den Baum über und über mit einem Regen aus kleinen strahlenden Tröpfchen bedeckte.

In der Zwischenzeit waren viele weitere Tiere des Waldes hinzugekommen, angelockt von diesem bezaubernden Wesen, das sie vorher noch nie gesehen hatten. Intuitiv spürten sie, dass hier etwas Besonderes vor sich ging. Sie alle hatten den Eindruck, ihr Wald wäre in einen Topf voller Magie eingetaucht worden.

›Was ist das?‹, fragten sie den Dachs. ›Wo hast du es hergebracht?‹ Auch die Pflanzen richteten instinktiv ihre gesichtslosen Köpfe, Äste und Blätter in Richtung des atemberaubenden Schauspiels aus.

Nachdem sie ihren Tanz, der an Schönheit und Grazie nicht zu überbieten war, beendet hatte, flog die kleine Elfe bis ganz nach oben zu der verwundeten Stelle des Baumes, genau dorthin, wo die Spitze vom Stamm abgebrochen war.

›Sie wird doch nicht …‹, raunten die Tiere und ihnen stockte der Atem. Zielstrebig steuerte die Elfe auf die Bruchstelle zu und dann geschah etwas Unglaubliches. Sie legte ihre kleine Hand direkt hinein, ganz zart und leicht.

Im ersten Moment herrschte absolute Stille, doch dann braute sich unüberhörbar etwas zusammen, ein Geräusch, so laut wie drei heftige Donnerschläge auf einmal. Der ohrenbetäubende Lärm schien direkt aus dem großen Baum zu kommen. Die Tiere versuchten so gut es ging ihre Ohren zu schützen, die Pflanzen aber waren außer Stande sich schnell genug abzuwenden. Ein Ton, wie er nur aus den tiefsten Tiefen emporsteigen oder vom höchsten Himmel herabfallen kann, bahnte sich unaufhaltsam seinen Weg.

Nachdem das lautstarke Grollen vorbei war, dauerte es eine geraume Weile, bis sich alle getrauten wieder nach oben zu schauen. In unveränderter Pose sahen sie die kleine Elfe, die ihre Hand nach wie vor auf den Baum gelegt hatte. Alle meinten ein sanftes Seufzen, das unbestreitbar vom Inneren des Stammes ausging, zu hören.

›Seht nur, seine Blätter sind auf einmal viel grüner‹, rief die Haselmaus.

›Und seine Rinde wirkt nicht mehr so alt und grau wie in der letzten Zeit‹, fiel es der Eidechse auf.

›Es scheint mir, als würde er auch ein klein wenig gerader stehen‹, freute sich das Reh.

›Dann kann er bestimmt wieder Früchte hervorbringen‹, hoffte das Eichhörnchen.

›Vielleicht müssen die beiden anderen Bäume dann ein bisschen weniger Gewicht auf ihren Kronen tragen‹, dachte sich der Dachs.

Freudig beschwingt kam nun auch die Elfe heruntergeflattert, als wäre das alles, was sie vollbracht hatte, ein Leichtes für sie gewesen. In feierlichem Ton sprach sie zu den Bewohnern des Waldes: ›Ich habe mit dem großen Baum gesprochen und ihr habt seine Stimme vernommen. Es war der Klang seiner Angst, seiner Angst davor, dass ihr ihn nicht mehr als das seht, was er heute ist, was er einmal war und was er immer sein wird – nämlich euer großer Baum.‹

Sie hielt einen Moment inne, um die Bedeutung ihrer Worte zu unterstreichen. ›Diese Furcht ist es, die ihn traurig macht und sich lähmend über euch legt. Seine abgebrochene Spitze stört ihn hingegen schon lange nicht mehr.‹

›Aber davor braucht er doch keine Angst zu haben.‹

›Nein, wir finden ihn doch immer noch riesengroß.‹

›Er spendet uns nach wie vor großzügig Schatten und lässt die Tiere in seinen Ästen wohnen.‹ Die Tiere überschlugen sich förmlich darin, seine Vorzüge zu preisen.

Die Elfe hob ihren winzigen Zeigefinger und legte ihn auf ihre Lippen, wobei sie ihr Gesicht mittels eines Strahlenkranzes um ihr Haar herum so hell aufleuchten ließ wie alle Sterne des Himmels zusammen. Sogleich waren alle Tiere leise und keine Pflanze wagte auch nur mehr zu rascheln.

›Dann ist es von nun an eure gemeinsame Aufgabe, den großen Baum all dies spüren zu lassen. Von Zeit zu Zeit werde ich vorbeikommen, um den Baum ein wenig zu verzaubern, denn auch ich habe ihn liebgewonnen‹, schloss die Elfe lächelnd ihre Rede.«

Auch ich lächelte, als ich meinen Laptop zuklappte. Meine Geschichte war fertig. Ich hoffte, dass Marie etwas mit ihr anfangen konnte, meinem Dankeschön für all die wunderbaren Erzählungen, die sie über die Jahre hinweg in meinem Herzen eingepflanzt hatte.

Unter die Zeilen schrieb ich: »Liebe Marie, ich wusste nicht, wie ich es dir sagen sollte. Ich werde Vater. In vier Monaten schon. Tamara bekommt ein Mädchen. Wir würden euch sehr gerne besuchen. Dein Anton«

Um null Uhr vierunddreißig schickte ich meiner Schwester das ganze Paket meiner Gedanken, gebündelt in einer kleinen Geschichte, per E-Mail. Mit nur einem Klick war nichts mehr rückgängig zu machen.

Ein Tag und noch ein weiterer vergingen ohne Antwort. Ich wurde immer unruhiger. Langsam zweifelte ich daran, ob meine Worte Marie überhaupt erreicht hatten.

Vielleicht waren sie irgendwo in den Weiten eines unsichtbaren Netzes verloren gegangen, hinausgepulverte Worte in einen Äther, aus dem sie nicht zurückkommen würden, um erneut zusammengesetzt werden zu können. Wenn man sie doch zufälligerweise irgendwo wiederfand, dann nur völlig zerstückelt und zur Unkenntlichkeit entstellt, verdreht in andere Schriftarten, die in unserer stofflichen Welt nicht einmal erkennbar waren.

Wenn sie die Mail aber doch erhalten und bereits gelesen hatte, warum antwortete sie mir dann nicht? An die vielen möglichen Gründe, die sie zu diesem Schweigen gegebenenfalls bewogen, wagte ich nicht zu denken. Eine leichte bis mittelschwere Panik stieg in mir auf.

»Anton, Telefon für dich«, unterbrach Tamaras Stimme meine ausweglosen Überlegungen, als ich gerade auf den Bildschirm mit meinem leeren Posteingang starrte. Tamara wusste nichts von der Unruhe, die mich umtrieb.

Ich hatte Hemmungen, mit ihr darüber zu sprechen, denn sie würde mit Sicherheit ausführlich über meine Gefühle diskutieren wollen, um herauszufinden, warum ich so reagierte. Beileibe, ich kannte die Antwort selbst zu genau, um sie mit ihr suchen oder gar vor ihr aussprechen zu müssen. Auf den Punkt gebracht war mir, als lebte ich jetzt den Teil eines Lebens, der eigentlich Marie zustand. Das schlechte Gewissen, das ich dabei empfand, verursachte mir ein beinahe schmerzhaftes Unbehagen.

»Hallo, Anton, ich bin es, Marie. Ich habe gerade deine E-Mail gelesen und sie gleich Mama gezeigt. Ist es wahr? Ist es wirklich wahr? Wir freuen uns so, ein Baby! Wie geht es Tamara?«

Da waren sie endlich, die erlösenden Worte, auf die ich seit Tagen gewartet hatte. Worte, die mir nur durch meine Schwester hatten zuteilwerden können. Ihrem aufgekratzten Tonfall zufolge schien sie sich ehrlich zu freuen. Ob sie ihr Online-Postfach nicht täglich überprüfte, fragte ich nicht, obwohl mir ihre Antwort darauf nicht egal war.

»Tamara ist gesund. Sie geht vollständig auf in ihrer Schwangerschaft und ich gewöhne mich auch so langsam daran. Das Baby entwickelt sich normal und es wird ein Mädchen, aber das habe ich glaube ich schon geschrieben«, hörte ich mich selbst wie aus weiter Ferne antworten.

»Warum hast du uns denn vorher noch nichts gesagt? Fünf Monate sind schließlich eine lange Zeit.

Wir hätten uns doch schon viel früher mit euch freuen können.«

Diese Frage hatte ich befürchtet. Anlügen, dass wir die Schwangerschaft erst vor kurzem bemerkt hätten, konnte ich meine Schwester nicht. Weder hatte sie es verdient, von mir auf diese Weise getäuscht zu werden, noch würde sie mir eine solche Ausrede jemals abnehmen.

Hintergangen zu werden hatte meine Schwester von allen Dingen, die man ihr antun konnte, früher stets am meisten in Rage versetzt. Eine solche Konfrontation heraufzubeschwören wagte ich im Moment ohnehin nicht, wirkte mir der Burgfrieden, der in unserer Familie herrschte, für solche Belastungen nicht stabil genug.

Demnach hatte ich keine andere Wahl, als bei der Wahrheit zu bleiben. »Ich wusste nicht, wie ich es euch sagen sollte.« Für einen Moment versagte meine Stimme. »Ich wusste es einfach nicht.«

Sie musste verstanden haben, wie schwer mir dieses Geständnis fiel, denn sie war so gnädig mich nicht weiter zu bedrängen. Tamara hingegen insistierte in jeder Situation auf einer Antwort. Das war wohl der größte Unterschied zwischen den beiden Frauen.

»Ihr bekommt ein Baby«, lenkte Marie ein. »Das ist doch wunderschön. Für Mama ist es, wie du dir denken kannst, das Größte. Du wirst sehen, alles wird gut.« Ein Augenblick der Stille legte sich über uns.

Dann ergriff Marie zuerst das Wort. »Weißt du was, mein Lieber? Am allermeisten wundert mich, dass du auf einmal Geschichten schreibst. Da hätte ich mich überhaupt nicht jahrelang abzumühen brauchen, um dich zu unterhalten. Das kannst du, wie ich sehe, sehr wohl selbst.«

Ein beinahe mädchenhaftes Lachen, das mich Erinnerungen an längst vergangene Zeiten streifen ließ, drang mir aus dem Telefonhörer entgegen, bevor sie in einem etwas ernsteren Ton fortfuhr. »Darf ich Papa deinen Text auch vorlesen, schon allein des Schauplatzes wegen? Ich glaube, es ist ein wunderschöner, starker Wald, den du da beschrieben hast.«

Meinen Vater, ich hatte ihn nicht vergessen, aber doch während dieses Gesprächs vollkommen ausgeblendet. Was die Veränderungen, die in unserer Familie nun anstanden, für ihn bedeuten würden, hatte ich mich nicht gefragt, ihn dabei zu einem Statisten degradiert, der an dem Schauspiel nur noch am Rande teilnahm.

Schuldbewusst überschlug sich meine Stimme ein wenig, als ich meiner Schwester überhastet antwortete. »Ja, aber natürlich. Glaubst du, dass er Freude daran hätte? Wie geht es ihm?«

Für meinen Geschmack etwas zu geflissentlich überging Marie den letzten Teil meiner Frage. Hatte sein Zustand sich in letzter Zeit verschlechtert, ohne dass mich jemand darüber in Kenntnis gesetzt hatte? »Papa wird sich vor allem freuen, wenn er hört, dass er Großvater einer bezaubernden kleinen Fee wird«, versuchte Marie mich mehr als offensichtlich abzulenken.

Voll Dankbarkeit nahm ich ihr Ausweichmanöver an. »Danke, Marie«, brachte ich noch heraus, bevor ich ohne ein weiteres Wort auflegte. Ich konnte ihr nicht sagen, wie sehr ich meinen Vater vermisste, wie schrecklich ich mich fühlte, so weit weg von ihm zu sein, wo sie doch tagtäglich in diesem Käfig mit ihm gefangen war.

Oder war sie es nicht? Wogen nicht meine Gitterstäbe, die ich mir selbst geschaffen hatte, um mich von dem Leid auszuschließen, eigentlich schwerer?

Bei Familie Reichert (erzählt von Marie)

Seit dem frühen Morgen herrschte hektisches Treiben im Haus. Mit ihren Pfannen und Töpfen wütete Mutter Carola in der Küche, als wolle sie alles Gute, das sie jemals in diesen vier Wänden zubereitet hatte, bis in die kleinste Geschmacksnuance hinein wiederauferstehen lassen.

Unmengen von frischem Gemüse verarbeitete sie zu einer kräftigen Suppe zur Stärkung der jungen Mutter. Darunter schmorte der Braten sanft im Ofen, während sie großzügig die malerischen Knödel mit den geübten Händen formte.

Sie hatte Marie dazu angewiesen, den alten Stubenwagen, in dem schon ihre beiden Kinder gelegen hatten, aus dem Keller zu holen, den etwas vergilbten Himmel und die weiße Umrandung zu waschen sowie die kleine Matratze auszuklopfen und frisch zu beziehen.

Carola hatte eine Spieluhr besorgt, die Marie jetzt an dem oberen Gestell des fahrbaren Babybettchens anbrachte. Es war ein kleiner, kuschliger, gelber Stern, der die Melodie von »Guten Abend, gute Nacht« spielte.

Gedankenverloren zog Marie die Uhr immer und immer wieder auf. Heute war der große Tag, an dem sie ihre drei Monate alte Nichte, die kleine Elena, kennenlernen würde.

Obwohl sie seit der Geburt des Familienzuwachses diesen Moment herbeisehnte, hatte sie zugegebenermaßen auch in wenig Angst davor. Könnte sie ihre Trauer über ihre eigene zerbrochene Beziehung in diesem Moment glaubhaft verbergen? Würde ihre Mutter es verkraften, wenn Anton, Tamara und Elena die frischgebackene Großmutter nach ein paar Tagen wieder verlassen würden und sie, die seit Jahren sehnsüchtig auf ein Enkelkind gewartet hatte, dieses wieder gehen lassen musste?

Wie würde Papa all diesen Trubel aufnehmen und wäre Anton nicht enttäuscht, wenn sein Vater nicht in Jubelschreie über das Baby ausbrechen würde, weil er das schlicht und ergreifend nicht mehr konnte?

Das gemeinsame Mittagessen verlief zunächst ausgesprochen gut. Die frischgebackene Großmutter überschlug sich fast vor Freude und Fürsorge, während Tamara ausführlich über ihre neugewonnenen Mutterfreuden und die unglaubliche Verantwortung, die sie diesem kleinen Wesen gegenüber verspürte, sprach. Anton verhielt sich relativ still.

Noch dezenter als sonst versuchte Marie ihrem Vater beim Essen zu assistieren, da sie es für nicht angemessen hielt, ihn vor den anderen, den Auswärtigen, zu sehr bloßzustellen. Natürlich war es nicht korrekt, ihren Bruder und seine Familie als Eindringlinge in ihr bescheidenes Heim zu bezeichnen, dennoch empfand Marie es ein wenig so.

Kurz vor dem Nachtisch begann Elena zu weinen. Die überambitionierte Oma betrachtete es als ihre Aufgabe, das Baby zu beruhigen, indem sie es an sich riss und hektisch umhertrug. Zum Leidwesen aller brachte diese ungestüme Aktion die Kleine erst recht aus dem Gleichgewicht.

Carola war sichtlich aufgelöst. »Das kann doch nicht sein, dass mein eigenes Enkelkind in meinen Armen nur schreit. Zwei Kinder habe ich großgezogen und versorge einen Mann, der …« An der Stelle brach sie ab. Dann verschwand sie in der Küche, um nach der Nachspeise zu sehen, allerdings ohne den Säugling.

»Vielleicht sollten wir nachher ein bisschen raus-
gehen. Marie kommt bestimmt mit«, dachte sich Anton, dem die Luft hier drinnen in den letzten Minuten
eindeutig zu knapp geworden war. Als die Frauen ge-
schäftig aufsprangen, um den Tisch abzuräumen,
setzte er sich mit seiner Tochter auf dem Schoß zu seinem Vater.

Er wusste nicht, wie viel Franz seit dem zweiten
schweren Schlaganfall von dem, was um ihn herum
geschah, noch in sich aufnahm. Sprechen konnte er
jedenfalls kaum noch, sehr häufig kamen ihm nur
mehr unzusammenhängende Laute über die Lippen.

»Papa, das ist die kleine Elena. Sie will heute ihren
Opa kennenlernen und da dachte ich mir, es sei das
Beste, ich gehe mit ihr in den Wald, du weißt schon,
in deinen wunderschönen, großen Wald. Ich werde ihr
dort erzählen, wie du die Bäume gefällt und die Tiere
im Winter gefüttert hast, und sie wird sehen, was für
ein guter Mensch du warst. Denn wer ein Stück Natur
so liebt, der …« Als er seinen Fehler bemerkte,
schaffte er es nicht mehr weiterzusprechen.

Ohne Absicht war sie ihm herausgerutscht, die fal-
sche Zeitform. Er hatte seinen Vater in der Vergan-
genheit beschrieben. Hastig stand Anton auf, drehte
sich aber kurz vor Verlassen des Raumes noch einmal
um, als müsse noch etwas Dringendes gesagt werden.

»Elena, Marie und ich, wir bringen dir etwas mit,
Papa, versprochen.« Er meinte ein Lächeln auf dem

Gesicht seines Vaters auszumachen und verbot sich selbst, es anzuzweifeln.

»Das war wohl alles ein bisschen viel für sie«, meinte Anton später zu seiner Schwester, als die beiden mit dem Baby, das im Kinderwagen schlafen sollte, einen Spaziergang machten.

»Meinst du Mutter oder Elena?«, fragte ihn Marie mit einem deutlich spürbaren ironischen Unterton.

Anton grinste verschmitzt. »Elena war doch ganz cool, Babys weinen nun mal. Nein, ich meine Mutter. Sie scheint das schreiende Kind auf ihrem Arm irgendwie persönlich genommen zu haben.«

Marie überlegte. »Lass ihr ein bisschen Zeit, sich zu beruhigen. Ihre Enkelin ist für sie schließlich die größte Freude seit Jahren.«

Schweigend gingen sie den langen, steinigen Forstweg entlang. Anton schob das Kind, das mittlerweile tief schlummerte.

»Als Vater das letzte Mal hier war, habe ich ihn mit dem Rollstuhl über den holprigen Weg geschoben. Wie viel Zeit seitdem vergangen ist«, dachte sich Anton, der mit einem Mal das Gefühl hatte, als wäre der Kinderwagen im Vergleich leicht wie eine Feder. »Möchtest du gerne einmal schieben, Marie?«, bot er seiner Schwester an.

Marie ergriff den Lenker und fuhr den Wagen in gleichmäßigem Tempo den sattgrünen Bäumen entgegen, die sich an diesem Tag in ihrem schönsten Blätterkleid undurchdringlich vor ihnen auftürmten.

»Aus der Entfernung hat man das Gefühl, als gäbe es keinen Eingang in dieses Dickicht aus Blättern und Holz. Doch steht man direkt davor, tut sich ein Tor in dieses enorme Grün auf. Leichtfüßig tritt man durch dieses ein und fühlt sich sogleich willkommen in dieser schönen, kühlen, schattigen Welt«, hing Anton seinen Gedanken nach. Mit jedem Schritt, den er auf den Wald zumachte, merkte er, wie sich sein Innerstes langsam aufrichtete und sein Rückgrat dabei spürbar stärker wurde.

»Marie, was war zwischen Markus und dir?« Er wollte sie unbedingt noch hier auf freier Fläche zu ihrem Leben befragen, inständig hoffend, er habe nicht zu lange gewartet, um dieses heikle Thema noch rasch auf dem letzten verbleibenden Stück des Weges zu klären. Im Wald wollte er gerne befreit sein von den Themen des Alltags.

Ihr Griff um den Kinderwagenlenker wurde fester. Obwohl sie wusste, er würde ihre verkrampften Fäuste nicht bemerken, schämte sie sich für ihre Reaktion. Nichts lag Marie ferner, als eine Szene im Namen ihrer verlorengegangenen Liebe aufzuführen. »Markus musste beruflich weg. Das war aber schon vor über neun Monaten. Ich wollte nicht mit ihm gehen und er wollte keine Fernbeziehung mehr. Wie heißt es so schön, wir haben uns auseinandergelebt, unüberbrückbar sozusagen.«

Anton schaute bedrückt. »Das tut mir sehr leid, ehrlich.«

»Das braucht es dir nicht, denn es ist nur die halbe Wahrheit.« Marie wirkte auf ihren Bruder erstaunlich abgeklärt. »Im Grunde war die Beziehung beendet, als er mich eines Abends fragte, wie lange das alles noch so weitergehen solle. Manchmal birgt selbst nach vielen gemeinsamen Jahren nur ein einziger Satz genügend Sprengkraft, um die finale Runde einzuläuten. Unsere halbherzig unternommenen Rettungsversuche im Anschluss daran haben das Unvermeidliche letztendlich nur noch um wenige Wochen hinausgezögert.«

»Wie lange was noch weitergehen soll? Was hat er damit gemeint?«, hakte Anton nach. Er konnte die Schilderung seiner Schwester über ihr Beziehungsende überhaupt nicht einordnen.

»Jetzt ist er aber begriffsstutzig«, dachte sich Marie verwundert und hatte Mühe, sich ein Kopfschütteln darüber zu verbergen. Sie konnte und wollte ihren Bruder nicht mehr schonen, würde es ihm doch nichts nützen, die Augen vor der Realität zu verschließen.

Ungeschönt fasste sie ihm das alles entscheidende Gespräch mit ihrem Verflossenen zusammen: »Er meinte damit, wie viel Zeit es wohl noch in Anspruch nehmen kann, bis Vater stirbt.«

Sichtlich geschockt riss Anton seine Augen weit auf, doch seine Schwester ließ nicht locker. »Ganz gleich, wie entsetzt du jetzt auch darüber sein magst, er hatte Recht damit, und dafür habe ich ihn gehasst. Ein anderer darf nicht das aussprechen, was man selbst nur in seinen dunkelsten Stunden zu denken wagt. Keiner, der nicht zur Familie gehört, darf so weit gehen.«

Anton verlangsamte seinen Schritt. Mittlerweile waren sie direkt vor dem Waldstück der Familie angekommen. Nur ein paar wenige Meter trennten sie noch von dem unverwechselbaren Gefühl, das einen beim ersten Durchatmen erfüllte, dem einzigartigen Geruch der Tannen und dem himmlisch weichen Boden.

Er wollte keine Probleme hinein in diesen lang ersehnten Ort tragen und doch konnte er seine Schwester mit alledem nicht einfach stehen lassen. »Wegzugehen ist auch nicht einfach, glaube mir«, war das Einzige, was ihm einfiel, obwohl er bereits als er die Worte aussprach bezweifelte, dass er Marie damit auf irgendeine Art und Weise geholfen hatte.

Marie nickte. So mitgenommen, wie er im Moment auf sie wirkte, hatte er wohl selbst genug zu tragen.

Dann war es endlich so weit. Gemeinsam den Kinderwagen über den holprigen Boden manövrierend, gingen sie in den Wald hinein und für einen Augenblick war alles andere aus der Welt da draußen wie ausgelöscht.

Das Blätterwerk warf ein traumhaftes Mosaik aus Licht und Schatten auf den Waldboden. Von den unzähligen Arten an Licht, das uns Menschen mit seinen feinen Schattierungen und Abstufungen erhellt, war vor allem ein einzigartiger, ins Grünliche gehender Glanz vorherrschend. Die Sonnenstrahlen berührten die Blätter und perlten von ihnen ab, als wären es Tausende überaus wertvolle, hellleuchtende Goldtropfen, die zauberhaft um die Blütenkelche herumwirbelten und an den Pflanzenstielen entlang heruntertanzten.

Über die Jahre hatte sich vieles geändert. Einige Bäume hatten herausgenommen werden müssen, kleinere waren mit stattlichen Stämmen und imposantem Blätterkleid herangewachsen. Der Pächter hatte außerdem einige Bienenkästen aufgestellt, was der Geräuschkulisse des Waldes eine zusätzliche Tonlage verlieh.

Marie setzte sich auf einen abgesägten Baumstamm und wippte mechanisch den Kinderwagen auf und ab. »Geh du ruhig weiter hinein und sieh dir alles genau an. Wenn ihr wieder nach Hause fahrt, wirst du dich daran erinnern wollen. Ich passe in der Zwischenzeit auf die Kleine auf.«

Während Anton immer tiefer in den Wald hineinging, schloss Marie die Augen. Kräftezehrend war dieser Tag, mit seinen unzähligen, in sich verdrehten Emotionen und den vielen Menschen um sie herum. Dann begann das Baby zu wimmern. Vorsichtig nahm Marie ihre Nichte heraus, dieses nach Babypuder und

Schaumbad duftende Kind, das sein kleines Gesichtchen so jämmerlich verzog.

»Ja, Süße, der Papa ist gleich da«, versuchte sie die Kleine zu beruhigen. »Wenn du Hunger hast, kann ich dir aber leider nicht weiterhelfen.« Behutsamen Schrittes trug sie das Baby leicht wippend über das Moos, doch die kleine Seele fand keine Ruhe.

»Weißt du, was ich immer gemacht habe, als dein Papa noch mein kleiner Bruder war und nicht aufgehört hat zu zetern? Ich habe ihm eine Geschichte erzählt, worüber er sein Leid stets völlig vergessen hat. Jetzt ist es manchmal dein Opa, der meinen Erzählungen zuhört, und ich hoffe, dass sie ihm wenigstens ein bisschen gefallen, zumindest mein Klang der Stimme ihm zeigt, dass er nicht allein ist. Und jetzt gibt es da auch noch dich, wieder zwei kleine Ohren, die hören können, mit einem kleinen, fühlenden Herzchen.« Also verfiel Marie in ihren bewährten Erzählton.

Die Geschichte von den Feldhamstern

»Es lebten einmal zwei junge Feldhamster am Rande des Waldes. Es waren ein Männchen und ein Weibchen und sie mochten einander sehr. Du musst wissen, dass Hamster eigentlich von Natur aus Einzelgänger sind.

Normalerweise lebt ein jeder Hamster nur für sich, hat seine eigene weich ausgepolsterte Schlafhöhle, eine eigens für sich angelegte Vorratskammer, in die er das ganze Jahr über Körner, Beeren und andere Leckereien in seinen dicken Hamsterbacken transportiert, und viele verzweigt angelegte Tunnel und Gänge, nur für ihn bestimmt.

Doch diese beiden Nagetiere waren irgendwie anders. Im Laufe des Jahres hatten sich die beiden Hamster, meist in der Abenddämmerung, einige Male zufällig getroffen, doch über ein schüchternes Zunicken, einen hellen Quietschton oder ein gemächliches Schmatzen waren sie dabei nicht hinausgekommen. Jedes Mal nachdem sie sich gesehen hatten, waren beide im Nachgang sehr aufgeregt und zugleich betrübt, weil sie wieder einmal zu schüchtern gewesen sind, den anderen anzusprechen.

Im darauffolgenden Frühjahr, ein langer Winter lag zwischen ihrem letzten Zusammentreffen, in dem jeder in seiner eigenen Schlafkammer tief unter der Erde geruht und bis auf das letzte Krümelchen seine Vorräte aufgefressen hatte, tappte das Hamstermännchen zum ersten Mal wieder aus seinem Bau hinaus ans Sonnenlicht.

Die kleinen Gliedmaßen waren noch steif, der Bauch eingefallen unter dem glanzlosen Fell und die Wangenknochen stachen aus seinem kantigen Gesicht hervor. Nichts erinnerte mehr an die vollen Backen, aus denen er mit den Pfoten Unmengen vorzüglicher Speisen herausschieben konnte. Die tiefschwarzen Knopfaugen erschienen riesig in seinem kleinen, spitz zulaufenden Gesicht.

Die beiden Hamster hatten einander in der Dunkelheit der leeren Gänge, die sie monatelang umgeben und schleichend innerlich ausgefüllt hatte, schon beinahe vergessen.

Hier oben, zurück im Sonnenlicht, merkte der Hamster, dass sein Herz, welches die ganze Zeit über ganz langsam hatte schleichen müssen, auf einmal wieder schneller zu schlagen begann. Erwartungsvoll pochte es förmlich in seinem Innersten.

Da der zurückliegende Winter sein erster gewesen ist, kannte er dieses Gefühl des frühlingshaften Wiedererwachens noch nicht und er war zugleich froh, aber auch ein wenig erschrocken darüber. Übermütig machte er ein paar, wenngleich plumpe, Sprünge

Während er sich auf diese Weise seines Lebens freute, fiel ihm etwas ins Auge. Kleine Fußabdrücke, den seinen so ähnlich, die auf den letzten Resten des noch verbliebenen Schnees eine feine Spur hinterlassen hatten. Noch immer kam ihm das Hamsterweibchen nicht in den Sinn, zu weit entfernt waren die Empfindungen des vergangenen Jahres, als dass sie hätten Gestalt annehmen können. Dennoch setzten diese winzigen, im Schnee hinterlassenen Vertiefungen eine Ahnung von etwas Schönem in ihm frei, die ihm nun den Weg wies.

Wie selbstverständlich folgte er der Spur, die ihn direkt zum Eingang eines anderen Hamsterbaus führte. Neugierig richtete er sich auf und da erschnupperte er ihn, den hinreißenden Duft, dieses ihm wohlbekannte süße Nasenkitzeln. Doch zu wem gehörte dieser liebliche Geruch noch gleich?

Als er noch darüber nachdachte, kam ihm aus dem Loch zuerst ein Kopf und dann ein ganzer Hamster entgegen. Es war das ihm bekannte Hamsterweibchen, das ihn beinahe umrannte, um nachzusehen, wer ihr da seine Aufwartung machte. Erschrocken sprang das Hamstermännchen zur Seite, doch als es begriff, wen es da wiedergefunden hatte, quiekte es sogleich vor Glück.

Auch das Weibchen konnte es kaum fassen, dass es dieses Gesicht für sie überhaupt noch gab. Freudig beschnupperten und umgarnten sie sich. Von diesem Tag an waren die beiden unzertrennlich, gingen zusammen auf Futtersuche und ruhten sich abwechselnd in einer ihrer kuscheligen Schlafhöhlen gemeinsam aus.

Es dauerte nicht lange, da nahmen die beiden Hamster wieder zu, das Hamsterweibchen aber wurde besonders rund. Nach drei Wochen bekamen die beiden vier kleine Hamsterjunge, die erst so nackt und hässlich waren, dass die beiden, die zum ersten Mal Eltern geworden sind, nicht glauben konnten, dass aus ihnen einmal süße kleine Hamster werden sollten.

Im Laufe der Zeit geschah – im Grunde genommen nur dadurch, dass alles so blieb, wie es war – ganz unbemerkt etwas Außergewöhnliches. Manche Wunder

werden im Vorfeld ewig angekündigt, großartig auf-
gebauscht, bewertet und bezweifelt. Das ist schade,
denn so kann man am Ende fast gar nicht mehr an sie
glauben.

Die meisten wundersamen Dinge passieren allerdings einfach so, in jeder Millisekunde des Tages,
beim Aufstehen, Umdrehen oder Naseputzen. Genauso war es auch hier im bescheidenen, kleinen
Hamsterbau des Hamsterweibchens.

Die beiden Hamster kümmerten sich hingebungs-
voll um ihren Nachwuchs. Essen musste gesammelt,
Spaziergänge gemeinsam organisiert und die Kinder
regelmäßig gewaschen werden. Darüber hinaus gab es
Nagezähne zu putzen und kleine, schon mächtig
scharfe Krallen zu stutzen.

In all der Betriebsamkeit hatte das Hamstermännchen schlichtweg vergessen zu sich in seinen Bau zurückzukehren, denn eigentlich ist die Aufzucht der
Jungen in der Welt der Hamster einzig und allein die
Aufgabe der Weibchen. Der junge Vater aber war, für
seine Art völlig untypisch, bei dem Hamsterweibchen
und den gemeinsamen Kindern geblieben.

Als die Jungen größer wurden und die kleine
Hamsterfamilie auf ihren vielen Pfoten durch den
Wald trippelte, sahen auch die anderen Tiere, dass es
bei den Sechsen anders, um nicht zu sagen besonders
zuging. Natürlich bemerkten sie auf den ersten Blick,
dass etwas in dieser Familie nicht mit ihren altherge-

brachten Vorstellungen übereinstimmte, aber sie hätten nicht sagen können, was es war, das aus dem Rahmen fiel.

An einem Abend jedoch traf die kleine Familie auf einen anderen Hamster. Ein großes, dickes Männchen, das schon sehr alt zu sein schien, stellte sich ihnen, die sie gerade auf der Suche nach ein paar Würmern und Egerlingen als Leckereien für die Kinder war, in den Weg.

Er erfasste sofort, dass diese Familie hier gegen die Regel verstieß, die lautete, dass sich Hamster niemals zu einer Herde zusammenrotteten. Eine solch offensichtliche Zuwiderhandlung konnte er nicht auf sich beruhen lassen. Sogleich begann er wie wild zu grunzen, pfiff ohrenbetäubend und versuchte die Familie mit seinen gefletschten, gelben Zähnen brutal auseinanderzutreiben.

Eines der Kinder bekam er dabei am Genick zu packen, doch der Hamstervater warf sich energisch dazwischen und entriss es ihm wieder. Imposant fauchend und sich auf ihren Hinterbeinen in voller Größe aufbäumend, gelang es den Hamstereltern am Ende, den Angreifer zu vertreiben.

Zum Glück waren alle Beteiligten bei dieser Attacke unverletzt geblieben. Auch das Hamsterkind, das von dem Alten am Schlafittchen gepackt worden war, hatte keine Schramme davongetragen und ließ sich nun als scheinbar unerschrockenen Helden feiern. Die Hamstereltern änderten nach diesem Vorfall nichts an ihrer Form des Zusammenlebens, hatten sie sich auch zu Beginn ihrer Liaison weder explizit für noch gegen ihren Lebensstil entschieden. Es war schlicht und ergreifend passiert.

So blieben die sechs Hamster weiterhin zusammen, nur, dass sie ab sofort nicht mehr ausschließlich vor Eulen und Füchsen, sondern auch vor ihresgleichen auf der Hut waren.«

Elena ist während der Geschichte auf Maries Arm schwer geworden. Erstaunlicherweise hatte sie sich, sei es durch die körperliche Nähe oder durch die noch unverständlichen Worte dieser im Grunde genommen für sie völlig fremden Frau, beruhigt.

Zum Ende der Erzählung war auch Anton dazugekommen, hatte sich aber hinter einem Baum versteckt und heimlich gelauscht. Er wagte es nicht zu stören. Seine exklusive Zeit der Geschichten war wohl unwiederbringlich vorüber.

Beinahe ehrfürchtig hielt er ein Stück Rinde in der Hand. Der neue Pächter hatte einige Bäume gefällt und die Stämme am Rande des Waldstücks zum Feldweg hin für den Abtransport bereitgelegt. Mit seinem Taschenmesser hatte Anton ein Stück der Rinde aus einer Fichte herausgebrochen. Sie roch betörend frisch und war sehr harzig.

Als Marie ihn bemerkte, blickte sie mit Elena im Arm zu ihm auf. »Hast du alles?«

»Ja«, bestätigte er knapp. Die Rinde hielt er fest in seiner Hand. »Gehen wir nach Hause.«

Antons Heimweg (erzählt von Marie)

Elena schlief die ganze Heimfahrt über und so erzählte Tamara mir von ihren Plänen für die nächste Zeit, die ihr, so meinte sie, zwischen den verschiedenen Mahlzeiten, den Tieren auf dem Hof meiner Eltern und den ausgiebigen Spaziergängen in den Sinn gekommen waren.

»In den letzten Tagen ist mir klargeworden, dass ich so schnell wie möglich wieder zurück in den Job will. Mein Chef wartet ohnehin nur auf meinen Anruf. Das heißt jetzt Kinderkrippe suchen, Tagesmütter ausfindig machen, das volle Programm. Was hältst du eigentlich von einem Au-pair?«, eröffnete sie mir voller Elan ihr Vorhaben.

Bis zu Elenas Geburt hatte sie in einem Verlag gearbeitet, in dem sie in erster Linie für die Herausgabe von Ratgeberliteratur in allerlei Lebensfragen mitverantwortlich gewesen ist. Mir kam es so vor, als hätte ich irgendeinen zentralen Faktor in ihren Ausführungen verpasst, der es mir ermöglicht hätte, überhaupt noch Schritt zu halten. Bis zu welchem Punkt in unserem Leben sie bereits vorgespult hatte, war mir nicht ersichtlich, vielleicht vermochte ich auch nur nicht so weit zu sehen, wie sie es mit ihrem scharfen Blick mühelos bereits getan hatte.

»Hast du mir überhaupt zugehört, Anton?«

Ihre Frage war berechtigt, doch es gelang mir beim besten Willen nicht, mich so schnell zu sortieren. Stattdessen bemerkte ich erstaunt, dass meine Hände an manchen Stellen immer noch klebrig vom Harz der Rinde waren, die ich Vater von unserem Ausflug in den Wald mitgebracht hatte. Zu allem Überfluss war jetzt auch noch das Lenkrad damit verschmiert.

Ich hatte ihm das grobe Stück Natur einfach in den Schoß, oben auf seine tatenlos nebeneinander ruhenden Hände gelegt, doch schien er es gar nicht bemerkt zu haben. Krampfhaft hatte ich nach etwas gesucht, das ich zu ihm hätte sagen sollen, doch ich stand nur mit hängenden Armen neben dem Mann im Rollstuhl

Zum Glück war mir meine Mutter zu Hilfe geeilt. »Schau, Franz, die Rinde haben dir die Kinder mitgebracht.« Sie hatte das Stück Wald genommen und es gekonnt unter seine linke Hand geschoben. »Ich denke, so kann er es besser spüren«, hatte sie mehr zu sich, als zu mir gesprochen und war umgehend wieder in der Küche verschwunden.

Ob Vater nun in irgendeiner Form das Holz besser hatte fühlen können, war mir nicht ersichtlich, aber Mutters Anordnung hatte irgendwie natürlicher ausgesehen und so hatte ich es dabei belassen. Nachdem das Problem mit der Rinde gelöst worden war, hatte ich mich neben meinen Vater gesetzt, um für eine Weile schweigend an seiner Seite zu bleiben.

Nach kurzer Zeit waren wir beide eingenickt. Als wir durch Elenas plötzliches Schreien wenig später aufschraken, hatte sich nichts an uns verändert.

Tamara sah mich erwartungsvoll vom Beifahrersitz aus an, während ich noch an das Harz, das nun gewiss auch an den Fingern meines Vaters haftete, dachte. Er befand sich nicht einmal mehr in der Lage, sich eigenständig davon zu befreien. Langsam von diesem Bild zurückkehrend, erinnerte ich mich daran, dass ich noch nach einer wichtigen Frage an Tamara hatte suchen wollen.

Mit einem Male wusste ich, welche ich zu stellen hatte. »Warum sind dir all diese Dinge genau in den letzten Tagen in den Sinn gekommen?« In Gedanken fügte ich noch hinzu: »Genau dann, als wir bei mir zu Hause waren.«

»Wie kommst du denn jetzt darauf? Ist das denn wirklich wichtig?«, konterte sie.

Ihrem Tonfall nach schien sie darüber verärgert zu sein, dass ich sie mit einer in ihren Augen offensichtlichen Nebensächlichkeit konfrontierte. Ich befürchtete schon, sie würde mir gleich an den Kopf werfen, ich würde sie nicht genug unterstützen oder ähnliches.

Nach einer gedehnten Pause wandte sie sich erneut an mich. »Ich brauche einfach die Stadt, ich brauche das Leben, meine Arbeit, in der mein Geist sich drehen kann. Ich bin keine Glucke, die sich den ganzen Tag nur um kleine Kinder und deren Windeln kümmert.«

Irgendetwas an der Art, wie sie dies sagte, in der nach meinem Geschmack eine gehörige Portion Überheblichkeit mitschwang, brachte mich richtiggehend in Rage. »Und du willst wohl sagen um alte, kranke Leute, so wie meine Mutter und meine Schwester es tagtäglich tun. Das ist es doch, was du erkannt haben willst, nicht wahr? Was wäre, wenn wir uns, rein hypothetisch, doch zu einem späteren Zeitpunkt an ihrer Stelle um Vater kümmern müssten? Was, wenn Elena etwas passieren würde und sie dauerhaft unserer Hilfe bedürfte? Sag mir, was wäre dann?« Ich merkte, wie mein Blut sich aufheizte und in immer höherem Tempo an den neuralgischen Punkten meines Körpers vorbeischoss. Meine Wut auf sie ließ mich unwillkürlich fester auf das Gaspedal drücken.

»Was soll mit Elena sein?«, fragte sie weniger ängstlich als vielmehr herausfordernd.

»Ja nichts, aber gesetztenfalls, es wäre etwas.«

»Anton, hast du etwas dagegen, dass ich bald wieder arbeiten will?«

»Nein, aber«, ich musste aufpassen, dass sich meine Gehirnschleifen nicht verknoteten und ihr als ein gefundenes Fressen vor die Füße fielen, »aber wie du über meine Familie denkst, finde ich das Letzte. Was wäre denn, wenn dein Vater deine Unterstützung brauchen würde?«

»Mein Vater würde mir diese Last niemals aufbürden. Anton, man kann seine Familie lieben, ohne die ganze Zeit aufeinandersitzen zu müssen.«

»Du hast keine Ahnung, nicht die geringste.« Erzürnt darüber, wie sie so anmaßend sein konnte, musste ich mich dazu zwingen, den Wagen nicht weiter zu beschleunigen. Meine Tochter lag hinten in der Babyschale, das durfte ich nicht vergessen.

»Wahrscheinlich habe ich tatsächlich keine Ahnung«, lenkte Tamara ein, ob aus Mitgefühl oder aus strategischen Gründen ließ sich schwer sagen. »Mein Vater hatte keinen Schlaganfall, besser gesagt keine Schlaganfälle, und ist nicht seit Jahren ein Pflegefall. Aber lehrt uns das Schicksal deines Vaters nicht etwas, nämlich, dass es umso wichtiger ist, ein richtiges Leben zu haben, bevor einem so etwas einmal widerfahren sollte. Was hat man denn sonst, das einem bleibt? Außerdem, so finde ich, hat Elena Anspruch auf eine glückliche Mutter.«

Ich wusste, dass sie Recht hatte, weshalb mich ihre Worte umso härter trafen. Der bohrende Schmerz, den sie mir verursachten, schien mir mit schweren Steppschuhen an den Füßen auf dem Kopf herumzutanzen. Ist das Leben meines Vaters gut genug gewesen, dass er davon für den Rest seiner Tage zehren konnte? Bei der nächsten Autobahnraststelle fuhr ich ab.

»Tamara, würdest du bitte weiterfahren«, bat ich sie.

Schweigend nahm sie den Autoschlüssel entgegen. Als hätte ich wochenlang kein Auge zugetan, nahm ich erschöpft den Platz auf dem Beifahrersitz ein. Hier und jetzt war ich dankbar für ihre Stärke, die mich dennoch oft so klein machte. »Aber ein Au-pair will ich keines, dass das klar ist«, murmelte ich vor mich hin.

Ohne weiter über dieses Thema zu reden, schlief ich ein. Das Baby schlummerte ebenfalls auf der Rückbank und ich wollte auf keinen Fall mehr aufwachen, bis wir zu Hause waren, wo immer das auch sein mochte.

Der schwere Brief an den Bruder
(erzählt von Marie)

»Mein lieber Anton,

heute schreibe ich dir über ein Ereignis, das sich gestern Nacht zugetragen hat. Gleich zu Beginn meiner Zeilen möchte ich mich bei dir entschuldigen, denn du wirst sehr böse auf mich, auf Mutter, auf die ganze Welt sein, aber die Dinge sind beizeiten einfach so, wie sie sind, und Entscheidungen müssen getroffen werden. Ob sie richtig oder falsch waren, kann dir ohnehin erst die Zukunft verraten.

Es war gestern Abend, Mama und ich wollten Papa wie immer ins Bett bringen, als wir ihn in sich zusammengesackt in seinem Rollstuhl vor dem Fernseher auffanden. Wir berührten ihn, fassten ihn fester an, wir sprachen erst sanft und flüsterten, schrien, als er nicht reagierte, aus voller Kehle seinen Namen.

Auch wenn er in letzter Zeit schon sehr in sich gekehrt war und man nicht genau wusste, wie viel er überhaupt von all dem, was um ihn herum geschah miterlebte, so hatte er doch immer noch in irgendeiner Form auf eine direkte Ansprache oder körperliche Zuwendung reagiert. Dieses Mal war es nicht so.

Wir fühlten seinen Puls nur mehr schwach wie ein kleines Rinnsal und sein Atem war kaum mehr sicht- und hörbar. ›Marie, lauf, hol das Telefon. Wir brauchen einen Notarzt!‹, befahl mir Mama und sprach laut aus, was wir uns beide dachten: ›Bitte nicht, nicht noch ein Schlaganfall.‹

Sie transportierten Vater ins Krankenhaus direkt auf die Intensivstation. ›Keine Schläuche mehr, bitte, habt Erbarmen‹, flehte Mama. Doch es war ohnehin zu spät.

Der Arzt mit seinem verheißungsvollen, weißen Kittel teilte uns eine endgültige Wahrheit mit, die wir nicht gleich verstanden: ›Es tut mir leid, wir konnten nichts mehr für ihren Mann tun. Wenn Sie sich noch verabschieden wollen, sollten Sie jetzt zu ihm gehen.‹

Einander an den Händen haltend machten wir uns ungläubig auf den Weg zu ihm. Da lag er vor uns, sein Körper nur bis zu den Schultern zugedeckt. Er sah schön aus und groß. Trotz des weißen Lakens, das sie über ihn gebreitet hatten, konnte man erahnen, dass der darunterliegende Körper einst sehr stark gewesen ist. Sein Gesicht wirkte nicht nur zufrieden, sondern auch überaus klar, was bei mir den Eindruck hinterließ, als würde er in diesem Augenblick mehr von seiner Umwelt mitbekommen als all die schmerzvollen Jahre seiner Krankheit zuvor.

Mama weinte nicht. Sie sagte nur: ›Jetzt hast du es geschafft, mein Lieber‹, und drückte ihm die Hand, bevor sie sich umdrehte und ging. Ich verharrte noch einen Augenblick, dann verließ auch ich ihn.

Vor dem Zimmer wartete Mama auf mich. Wortlos gingen wir zu unserem Auto und fuhren nach Hause.

Während dieser ganzen Zeit, die uns erschien, als dauerte sie eine der Welt entrückte Ewigkeit, haben wir nicht ein einziges Mal an dich gedacht. Keiner von uns hatte dich vom Krankenhaus aus angerufen oder einen anderen beauftragt, dies in unserem Namen zu tun. Ich verabschiedete mich von unserem Vater ohne dich.

Auch wenn du vermutlich niemals rechtzeitig hättest vor Ort sein können, so schäme ich mich dennoch dafür, dass ich dir nicht einmal die Möglichkeit gegeben habe, die Restwärme seiner Hand, die niemals wiederkehren wird, zu spüren, seine Seele, die sich gerade erst auf den Weg gemacht hatte, ein letztes Mal sanft zu streifen.

Früher machte man von den Toten Bilder, die ganz selbstverständlich unter den Fotos der Lebenden eingereiht wurden. Erinnerst du dich noch an die Fotos von Omas toten Verwandten, die sie uns Kindern immer gezeigt hat und von denen wir uns trotz Angst und Schrecken auf eine merkwürdige Weise angezogen gefühlt haben? Es war jeweils die letzte Aufnahme eines Menschen, die selbstverständlich auch zum Leben dazugehört.

Ich habe kein Foto von Vater für dich gemacht, obwohl ich es durchaus hätte tun können, weil ich schlicht und ergreifend nicht an dich gedacht habe.

Du kannst Papa noch beim Bestatter oder im Leichenschauhaus sehen und ihm auf deine Art Lebewohl sagen. Es tut mir leid, dass er zu diesem späteren

Zeitpunkt nicht mehr so frisch sein wird, so rosig, beinahe lebendig, wie in der Stunde, in der er gestorben
ist, als wir ihn noch einmal berührten und unseren
Frieden mit ihm machen konnten.

Wenn du diese Zeilen gelesen hast, dann ruf mich
bitte an. Wir müssen unseren Vater beerdigen.«

Mit der Erzählung dieses Briefs, dessen Inhalt ihr
nur schwer über die Lippen geht, beendet Marie ihre
lange Geschichte. Danach herrscht eine Stille, die Anton und Marie gleichermaßen als wohltuend empfinden. Beiden fällt es schwer, den Weg aus dem Laby-
rinth der Handlungsstränge zurückzufinden.

Nach wie vor unverändert am Küchentisch sitzend,
ist ihnen dennoch, als hätten sie den Raum während
der Geschichte verlassen und wären erst jetzt wieder
dorthin zurückgekehrt. Auch wenn Marie die ganze
Handlung nur frei erfunden hat, so fühlt sich Anton,
als hätte er gerade die nächsten Jahre seines Lebens in
einem Zeitraffer durchlebt. Die vielen intensiven,
durch die Geschichte hervorgerufenen Empfindungen
klingen in ihm nach. Traurig begreift er mehr denn je,
auf welches unausweichliche Ende das alles, egal welche Anstrengungen sie auch immer unternehmen werden, hinauslaufen wird.

Marie nimmt einen großen Schluck Tee. Ihr Hals
kratzt ein wenig vom vielen Sprechen.

»Marie, das war, das ist …«, stockt Anton, immer noch sichtlich ergriffen. Um überhaupt irgendetwas zu tun, steht er auf, geht um den Tisch herum und streckt sich ausgiebig, bevor er sich erneut zu seiner Schwester setzt und seine Worte an sie richtet. »Jetzt bin ich dran und du wirst gehen.«

Mit einer kraftlosen Handbewegung wiegelt Marie ab. »Entschuldige, Anton, aber ich meine, für heute ist es genug. All meine Gedanken haben nur für dich gereicht und das ist gut so, denn ich glaube, für dich und deinen unruhigen Geist war der ausgiebige Ausflug, den wir gemeinsam unternommen haben, heute sehr wichtig.«

»Nein, meine Liebe.« Anton nimmt die Hand seiner Schwester, die im Begriff ist sich davonzustehlen. »Auch du darfst dich nicht drücken, vor einer von vielen Möglichkeiten, die ich dir jetzt über dein Leben erzählen werde. Vielleicht bist du danach bereit eine Entscheidung für dich und deine Zukunft zu fällen.«

Kurz vor Mitternacht beginnt nun Anton eine Geschichte für seine Schwester zu erzählen.

Kapitel 6: Die zweite Variante der Geschichte:
Marie geht, Anton bleibt (erzählt von Anton)

Ab wann ist man eigentlich kein Kind mehr? Im rechtlichen Sinne mit achtzehn. Man darf wählen, Alkohol trinken und frei entscheiden, was man tun oder lassen möchte. Aber das Kind seiner Eltern, das bleibt man wohl auf ewig, in jedem Fall bis sich der Sachverhalt aufgrund der natürlichen Begebenheit des Ablebens eines der Beteiligten verändert und damit unwiderruflich aufhebt.

Im Alltag der meisten Gesunden gibt es häufig nur wenige Überschneidungen des eigenen Lebensbereiches mit dem von alten oder kranken Menschen. Hat man zufällig doch einmal Kontakt mit diesen Themen, so doch auf keinen Fall Verantwortung. Eines Tages aber passiert das Unvorhersehbare. Der eigene Vater wird zum Pflegefall, hilfsbedürftig wie ein Kind und dabei doch ganz anders.

Seine Kinder, selbst wenn sie schon erwachsen sind, was wird nun aus ihnen? Sie können nicht so ohne weiteres die Rollen tauschen und zu den Eltern der eigenen Eltern werden. Oder ist diese Umkehrung der Verantwortlichkeiten im Erwachsenenalter schon von vornherein im Augenblick der Geburt festgelegt?

Ich kann dir auf all diese Fragen keine Antworten geben, Marie, aber ich kann dir einen Weg ausmalen, auf den du dich begeben könntest.

Marie bricht auf (erzählt von Anton)

Von Anfang an konnte ich mit den vielfachen, größtenteils einschneidenden Veränderungen, die durch Vaters Schlaganfall auf uns zu- und uns dabei mehr als einmal überrollten, besser umgehen als mein Bruder. »Kannst du mal schnell, Marie«, oder »Marie, würdest du kurz?«, wurde mein Name den ganzen Tag strapaziert.

Seit Papa aus dem Krankenhaus heimgekehrt war, musste ich notgedrungen jeden Tag ein Stück mehr über mich hinauswachsen. Ich ging arbeiten, kümmerte mich in erster Linie gemeinsam mit Mutter um Vater und schickte mich an, den Hof so gut es ging zu organisieren.

Während meines täglichen Dauerlaufes beobachtete ich am äußeren Rand meines Gesichtsfelds, wie schwer mein Bruder Anton sich tat sich in die veränderte Situation einzufinden. Offenbar war er nicht in der Lage, sich zu entscheiden, ob er seinen inneren, unsichtbaren Feind, der ihn offenbar an seinen nächsten Schritten hinderte, bekämpfen oder ihm klein beigeben sollte.

Zudem spürte ich, dass meine Mutter noch eine Weile brauchen würde, um die neue Situation endgültig zu begreifen und sich in ihr dauerhaft einzurichten.

Es vergingen drei Monate, es wurde ein halbes Jahr ohne Aussicht auf Besserung gepaart mit Nerven, die zunehmend blanker lagen. Anton bekam nur wenig mit von den sich anbahnenden Streitereien im Haus, zog er sich ohnehin seit Anbeginn der neuen Zeitrechnung vorwiegend zurück. Meist arbeitete er im Wald, nicht wissend, was aus ihm werden sollte.

Im Nachhinein, so erzählte mir Anton, stellte er sich die Frage, ob er hätte verhindern können, was zwischen mir und Mutter geschehen war, wenn er genauer hingesehen und hingehört hätte, doch ich glaube, er hätte es nicht. Mutter und ich waren, nicht nur was Vater anbelangte, immer häufiger grundsätzlich anderer Meinung. Mit zunehmender Unnachgiebigkeit fochten wir in ihrer Heftigkeit immer schwerer werdende Kämpfe untereinander aus.

Ein normaler Tag in meinem Leben sah wie folgt aus: Ich stand um kurz nach fünf auf, versorgte die Hühner, machte mich danach selbst fertig und holte dann mit Mama zusammen in einem allmorgendlichen Kraftakt Papa aus dem Bett, half beim Waschen und Anziehen. Im Anschluss daran fuhr ich zur Arbeit in den Kindergarten.

Abends brachten wir meinen Vater zu zweit wieder ins Bett und ich kümmerte mich noch um die liegengebliebene Hofarbeit. Manchmal traf ich meinen Freund Markus noch spätabends, wenn er, was eher selten vorkam, zu Hause war.

Anton, der kurz vor seinem Abitur stand, verrichtete einige der anfallenden Tätigkeiten am Hof und im Wald so gut er es konnte, während er den restlichen Tag über seinen schweren Kopf von einer Schulter zur anderen rollte, in der Hoffnung, dass ihm auf diese Weise eine Eingebung geschenkt sein möge.

In Vaters Pflege war er nur wenig involviert, unterstützte uns lediglich ab und an beim Umsetzen vom Rollstuhl in den Sessel. Mehr, so hatte ich den Eindruck, war ihm auch nicht zuzumuten.

Nach seinem ersten Schlaganfall konnte Vater noch relativ gut sprechen und sich verständlich machen, so dass Anton sich manchmal zu ihm setzte, um ihm Gesellschaft zu leisten. Das Leben war nicht perfekt, aber es folgte zumindest einem gewissen Ablauf, der vor weiteren Katastrophen schützen sollte. Doch früher oder später, dessen kann man gewiss sein, sucht sich jede Eruption einen Weg ihre Urgewalt zu demonstrieren.

Im entscheidenden Moment, als das Donnerwetter sich endlich entlud, kam Anton gerade mit dem dreckigen Stallgewand unten zur Haustür herein. Es war für ihn mit Sicherheit nicht zu überhören, wie Mutter und ich uns lautstark anschrien. Wir waren im ersten Stock in Papas neuem Schlafzimmer, unserem ehemaligen Gästezimmer, das wir für ihn und sein Pflegebett nach seiner Rückkehr aus dem Krankenhaus extra behindertengerecht ausgestattet hatten.

»Ich will nicht, dass du so über Vater sprichst und schon gar nicht vor ihm«, fauchte ich meine Mutter an. Franz lag zwischen uns in seinem Bett, doch ohne weiter von ihm Notiz zu nehmen, standen wir uns wie zwei Kampfhähne gegenüber.

»Du hast mir hier gar nichts zu sagen«, warf sie mir hysterisch kreischend an den Kopf. »Wer ist denn hier ans Haus gekettet und muss das alles den ganzen Tag ertragen?«

Eine kurze Pause, die weithin bekannte Ruhe vor dem Sturm, kehrte zwischen Mutter und mir ein, in der ich vernahm, wie Anton rasch seine schmutzigen Sachen auszog und die Treppe nach oben ging. Vor der Türe, hinter der sich unser spontan inszeniertes Duell abspielte, blieb er allerdings stehen, ohne sich hereinzutrauen. »Du könntest mir ruhig helfen, mein werter Herr Bruder«, dachte ich mir verärgert.

Meine Mutter funkelte mich währenddessen so böse an, dass ich den Eindruck bekam, sie würde mir beim nächsten noch so kleinen Wassertropfen, den ich auf ihr Mühlenrad goss, an die Gurgel gehen. Eine derartige Behandlung konnte und wollte ich mir nicht gefallen lassen.

»Ja, es ist schwer, aber deshalb musst du dich noch lange nicht Papa gegenüber so schlecht benehmen«, knallte ich ihr im Beisein meines Vaters gehässig an den Kopf, wohlwissend, dass ich damit einen Schritt zu weit gegangen war.

»Raus hier, raus mit dir!«, schrie meine Mutter mich an. Mit drohend ausgestrecktem Zeigefinger wies sie mich unmissverständlich an zu gehen.

Ich machte ein paar Schritte weg vom Bett, blieb dann aber demonstrativ stehen. Das war der Startschuss für Mutters Angriff. Mit aller Kraft riss sie die Zimmertür von innen auf und schob mich, ihr gesamtes Gewicht gegen meinen Körper stemmend, hinaus, während Anton vor der Schlafzimmertür ihrem Vorhaben unbeabsichtigt im Weg stand. Ich hoffte, er würde sich nun in seiner Feigheit ertappt fühlen.

»Das kannst du nicht machen. Lass mich los!«, kreischte ich. Nach Leibeskräften wehrte ich mich gegen diesen gewaltsamen Rauswurf.

»Mama, Marie, was ist denn los?« Anton, der artig zur Seite gegangen war, hörte sich an wie ein kleines Kind, dem die Welt gerade aus den Fugen geraten war. Wie er so vor seiner mit ihrer Tochter ringenden Mutter stand, ein Szenario, das auf ihn vollkommen absurd wirken musste, fühlte er sich wahrscheinlich genauso.

»Deine Schwester macht mich vor deinem Vater schlecht und meint, alles besser zu wissen. Das lasse ich mir nicht gefallen. Von niemandem. Verstehst du?«

Mein Bruder wagte bei dieser Ansprache nicht einmal mit der Wimper zu zucken.

»Was meinst du eigentlich, wer du bist?«, richtete sie sich wieder an mich. Wenigstens hatte sie mich mittlerweile losgelassen.

»Mama, du kannst nicht mit der Zahnbürste in Papas Mund herumfuhrwerken, als würdest du bei einem Pferd die Hufe auskratzen, und dich währenddessen darüber aufregen, dass er doch gar nicht so behindert sei und warum du den ganzen Scheiß jetzt machen musst, während er an der Zahnpasta halb erstickt. Du sagst vor ihm zu anderen Leuten, er wäre sowieso schon halb senil, Gemüse und würde ohnehin nichts mehr mitkriegen, aber das stimmt nicht. Er kann sehr wohl verstehen, was du sagst, und sich, wenn auch zugegebenermaßen langsam, noch adäquat äußern.« Ich war unfassbar wütend und schämte mich zugleich maßlos für meine Mutter. »Die Frage lautet vielmehr, was bloß in dich gefahren ist. Du warst doch früher nicht so. Ich habe noch nie erlebt, dass du dich jemand anderem gegenüber auch nur annähernd so respektlos verhalten hättest.«

»Lass mich, du hast keine Ahnung«, antwortete sie trotzig und entwand sich damit meinen Worten wie einem allzu festen Griff, um erneut zum Gegenschlag auszuholen. »Eines sage ich dir, wenn du dich weiter wie eine Furie benimmst, dann wird dich dein Markus nie heiraten, nie, und Kinder bekommst du dann erst recht keine, das verspreche ich dir.«

Dies war der eine entscheidende Kinnhaken, der gesessen hatte und zugleich die Gesamtsituation zwischen uns mit einem Mal klärte. Ich konnte förmlich spüren, wie die Last der letzten Monate mitsamt allen Zweifeln von mir abfiel. Hiermit hatte sie den Vorhang, der mir den Blick auf mein Leben verstellt hatte, heruntergerissen.

Markus hatte mich mehr als einmal bekniet doch endlich zu ihm in die Stadt, in der er immer noch studierte, zu ziehen. Wie oft hatte ich ihn nicht wegen Vaters Gesundheitszustand hingehalten, ihn gebeten noch ein bisschen Geduld mit mir zu haben, bis der richtige Zeitpunkt gekommen wäre, um einen weiteren Schritt in unser gemeinsames Leben zu gehen.

Durch ihren letzten Satz aber, dieser fiesen, hinterhältigen Attacke, hatte meine Mutter mich freigesetzt. »Danke, das war es für mich«, brachte ich in zornigem Ton über meine Lippen. »Anton, es tut mir leid um dich und Papa, aber mit dieser Hexe bleibe ich nicht eine Stunde länger unter einem Dach.«

Während ich wutentbrannt an meiner Mutter vorbeirauschte, zischte ich Anton zu: »Anton, bevor ich gehe, muss ich dich sprechen.«

Was in meinem Vater während dieser Auseinandersetzung, derer er so schonungslos hatte Zeuge werden müssen, vorgegangen sein mochte, wagte ich nicht einmal zu vermuten. Obwohl er sich mit keiner Silbe geäußert hatte, war ich mir sicher, dass er verstand, um wen es hier ging.

In meinem Zimmer warf ich schnell ein paar meiner Sachen in eine Tasche. Ich würde sicherlich ohne Probleme vorübergehend bei einer meiner Freundinnen im Dorf unterkommen können. Wenn ich morgen im Kindergarten kündigte, konnte ich in spätestens drei Monaten zu Markus, der bald mit seinem Studium fertig sein würde. Bislang hatte ich es nie über das Herz bringen können, meine Familie in dieser schweren Zeit auch nur länger als ein paar Stunden allein zu lassen. Ich hatte keine Vorstellung davon, wie sich dies anfühlen würde.

»Ich habe doch nur wegen euch auf Mann und Kinder verzichtet«, donnerte es ein wenig zu theatralisch durch meinen Schädel, standen Heiraten und Kinder nicht unmittelbar als Nächstes auf meinem Programm. Die Vorkommnisse des heutigen Abends hatten mir allerdings die Aufgabe abgenommen, selbst aktiv eine Entscheidung zu treffen. Mit aller Härte waren die Würfel nun also gefallen.

Auffallend blass erschien Anton kurz darauf in meinem Zimmer. Er sah aus wie ein nasser, räudiger Hund, den man, wenn auch nicht geschlagen, so doch zumindest kräftig getreten hatte. Mehr denn je fiel mir auf, wie unglaublich schmal er in den letzten Monaten geworden war. Ihn, den kleinen Bruder, der niemandem etwas Böses wollte und noch so wenig eigenes Rückgrat besaß, zurückzulassen, versetzte mir einen Stich, den ich, auch wenn er mit der Zeit gewiss nachließ, wohl nie mehr endgültig würde loswerden können.

»Anton, in der nächsten Zeit, wenn ich weg bin, bestehe darauf, dass sich Mama einen Pflegedienst mit hereinholt. Bei mir hat sie bei diesem Thema immer auf stur gestellt, aber die Belastung ist ihr eindeutig zu viel. Wenn du es aber nun zur Bedingung machst, dass du nur bleibst, wenn sie sich Hilfe holt, dann wird sie es sich garantiert anders überlegen. Sie kann nicht das Risiko eingehen, dich auch noch zu verlieren. Vermutlich wird Papa sich zuerst gegen fremde Leute im Haus sperren, aber Unterstützung von außen ist auch für ihn wichtig, wenn nicht sogar lebenswichtig.

Egal, wie dein Leben weitergehen soll, unabhängig davon, wofür du dich in den nächsten Monaten entscheidest, ob du auch von hier weggehen wirst oder nicht, in jedem Fall wäre eine Pflegehilfe schon vor Ort und dann wird sie es auch bleiben.« Ich schaute Anton fest in die Augen. »Versprich mir das. Jetzt musst du für Papa kämpfen, das ist alles, was ich noch für ihn tun kann.«

Anton nickte. Wahrscheinlich hoffte er insgeheim, ich würde ihm erzählen, alles würde wieder gut werden, mir einfach ein schönes Ende für die Misere, in der wir uns befanden, ausdenken, aber dieses Mal ließen es die Umstände leider nicht zu. »Was ist nur passiert? Wir sind doch eine Familie«, brachte er zaghaft heraus. Die Ereignisse um ihn herum überschlugen sich und Anton verstand die Welt nicht mehr.

In meiner Eile musste ich ihm jetzt weitere Erklärungen schuldig bleiben. Nicht grob, allerdings bestimmt schob ich meinen Bruder zur Seite und rauschte beim Hinausgehen an Papas Schlafzimmer vorbei. Erst im Nachhinein fiel mir auf, dass ich vergessen hatte mich von meinem Vater zu verabschieden.

Im Moment des Aufbruchs dachte ich nur: »Anton, wach auf! Hast du noch nie gehört, dass in Extremsituationen jeder zum Mörder werden kann?« Zu guter Letzt knallte ich meinen Haustürschlüssel weithin hörbar auf den Garderobenschrank.

Von jeher hatte ich die Fähigkeit besessen, bei Bedarf überaus praktisch zu denken und dabei meine Gefühle, drohten sie mich phasenweise noch so sehr anzufallen, erfolgreich beiseitezuschieben. Die Kündigung hatte ich auf dem Computer einer Freundin getippt und sie bereits einen Tag nach dem Verlassen meines Elternhauses der Kindergartenleitung übergeben. Nun würde mich in absehbarer Zeit auch vertraglich nichts mehr an dieses Dorf binden.

Umgehend begann ich mich nach einer neuen Stelle bei Markus in der Stadt umzusehen, doch dafür brauchte ich meine Zeugnisse und die lagerten noch zu Hause. Mehr als einmal musste Anton den Boten spielen und mir Unterlagen, Kleidung und andere Dinge, zu denen ich ab sofort keinen Zugang mehr hatte, vorbeibringen.

Der Tag der Abreise, der Auszug aus dem heimatlichen Dorf, war an einem Dienstag. Seit dem Tag der großen Auseinandersetzung waren inzwischen dreieinhalb Monate vergangen. Markus hatte sich freigenommen, um mich und meine wenigen zurückergatterten Habseligkeiten, die in zwei Koffer passten, abzuholen.

Ich musste diesen letzten Akt unbedingt an einem Dienstag über die Bühne bringen, dem einzigen Tag in der Woche, an dem meine Mutter nachmittags einen feststehenden Termin bei ihrem Physiotherapeuten hatte. Die Rückenschmerzen, die sie seit jeher plagten, hatten mit der zusätzlichen Belastung durch die Pflege des schweren Mannes zugenommen. Die manuelle Therapie brachte ihr wenigstens zeitweilig ein wenig Linderung. Es war also nur ein kleines Zeitfenster, das sich mir öffnete, um von den mütterlichen Augen ungesehen ins Haus zu gelangen. Anton wusste Bescheid.

Mich beschlich ein ungutes Gefühl dabei, mein Zuhause, in dem ich über zwanzig Jahre lang gelebt hatte, nun heimlich als Verbannte zu betreten. Im ersten Augenblick schaffte ich es kaum, meinen Beinen den Befehl zu erteilen, sich über die Türschwelle zu bewegen.

Das Innere des Hauses kam mir seltsam fremd vor, vergleichbar mit der Empfindung, die sich bei mir früher stets eingestellt hatte, wenn ich nach einer Woche Urlaub heimgekehrt war. Die Einrichtung, sämtliche

Dinge, sie alle wirkten etwas kleiner und insgesamt dunkler, als ich sie in Erinnerung hatte. Alles war sehr sauber, beinahe steril, nur der Geruch eines mir unbekannten Gewürzes, das Mutter wohl zum Kochen für das Mittagessen verwendet hatte, drang in meine Nase. Ich ertappte mich bei dem eifersüchtigen Gedanken daran, was Mama wohl extra für die beiden Herren Feines gekocht haben mochte.

Markus und Anton, der auf mich gewartet hatte, begrüßten sich und wechselten ein paar bedeutungslose Worte, die an mir vorbeirauschten.

»Wo ist Papa?«, unterbrach ich die beiden jäh, galt es, keine Zeit zu verlieren.

»Er ist im Wohnzimmer auf dem großen Sessel. Ich habe ihn kurz bevor ihr kamt umgesetzt. Er kann schließlich nicht den ganzen Tag in seinem Rollstuhl festsitzen.«

Es war eigenartig für mich, von meinem kleinen Bruder die Handgriffe erklärt zu bekommen, welche zuvor monatelang in meiner Verantwortung gelegen hatten. Froh darüber, dass er seine Aufgabe so gewissenhaft annahm, verbiss ich mir jedoch einen Kommentar in dieser Richtung. Im Augenblick wollte ich ohnehin nur zu meinem Vater, zwang mich dennoch langsam und gleichmäßig zu gehen, befürchtete ich ihn zu erschrecken, wenn ich ungestüm auf ihn zustürmte.

Dann sah ich ihn endlich. Die Lehne seines Sessels war ein wenig nach hinten geneigt. Anton hatte ihn mit einer Decke zugedeckt und seine Füße sorgsam auf die Fußstütze gelegt. »Guter Junge«, dachte ich mir und spürte die Zärtlichkeit, die er in diese einfache Handlung hineingelegt hatte. Ob er wohl schlief?

»Hallo, Papa«, brachte ich mit erstaunlich fester Stimme hervor. Er drehte den Kopf zu mir und ein kleines Lächeln huschte über sein Gesicht.

»Marie, wo warst du?«, fragte er mich ernsthaft.

Ich konnte nicht begreifen, wie er das meinte. Er ist doch bei dem Streit zwischen Mutter und mir dabei gewesen, hatte vielmehr noch unfreiwillig zwischen uns gelegen. Er musste mitbekommen haben, dass Mutter mir keine andere Wahl gelassen hatte, als zu gehen. Hatte er etwa alles vergessen?

Ungeachtet dessen, ob er sich nun erinnerte oder nicht, hatte er ein Recht darauf, dass ich seine Frage ehrlich beantwortete. »In den letzten Wochen habe ich bei einer Freundin gewohnt. Heute gehe ich mit Markus weg und werde bei ihm leben.«

Ich wartete einen Moment und versuchte von seinem Gesicht abzulesen, ob die Tragweite meiner Worte zu ihm durchgedrungen war, bevor ich fortfuhr. »Ich bin gekommen, um mich von dir zu verabschieden, Papa«, schloss ich meine Ausführungen.

»Dann bekommt Mutter bald ihre Enkelkinder«, sagte Papa schmunzelnd. Er sprach langsam und schwer, aber in diesem Augenblick wirkte er nicht krank, sondern auf liebenswerte Art spitzbübisch.

»Papa, es tut mir so leid. Ich …« Mir versagte die Stimme.

»Alles wird gut«, tröstete mein schwacher Vater mich, seine starke Tochter, damit ich ihn verlassen konnte.

Antons Entscheidung (erzählt von Anton)

»Jetzt ist sie weg, Mama. Markus hat Marie abgeholt. Sie hat auch schon eine neue Stelle, die sie ab nächster Woche antritt.« Wie versprochen hatte Anton Marie zwei Tage Vorsprung gegeben, bis er der Mutter von den endgültigen Veränderungen im Leben seiner Schwester erzählte. Die einzige Antwort, die er daraufhin von ihrer Seite erhielt, war ein beinahe beängstigendes Schweigen.

»Mutter, wenn du willst, dass ich bleibe …«, wagte er sich vor.

»Fängst du jetzt auch noch damit an, mir zu drohen? Dann geh doch zu deiner Schwester und nehmt euch gemeinsam eine schicke Wohnung. Aber eins sage ich euch, dann war es das hier. Dann nehme ich Zyankali und dein Vater kann auch gleich eine Kapsel frei Haus haben, wenn er mag.«

»In welchen dunklen Gassen verirrt sie sich denn jetzt schon wieder?«, argwöhnte Anton. »In den letzten paar Wochen lief es doch eigentlich ganz gut mit uns.« Anton hatte nach Maries Weggang ihre Aufgaben größtenteils übernommen und an allen Ecken und Enden helfend unter die Arme gegriffen.

»Lass mich ausreden«, überging er ihren Ausbruch ruhig, aber bestimmt. »Wir brauchen Unterstützung bei der Pflege und für Papas gesundheitliche Themen. Eine Krankenschwester oder ein Pflegedienst könnten uns helfen. Wenn wir das hier durchhalten wollen, ist irgendeine Form von Entlastung unerlässlich. Vielleicht solltest du mal auf Kur oder Papa könnte zeitweise in eine Tagespflege.«

»Ich will das nicht, nein. Was sollen denn die Leute denken? Erst verlässt die Tochter sie, kriecht im Ort bei ihren Freundinnen unter und dann schafft sie es nicht einmal mehr, sich anständig um ihren Mann zu kümmern«, jammerte die Mutter.

Anton sah sehr wohl ihre Verzweiflung, doch er ließ sich nicht in ihren düsteren Bann ziehen. »Und was glaubst du sagen die Leute, wenn ihr beide blau angelaufen und starr nach dem Genuss von zwei Giftpillen daliegt? Mit hundertprozentiger Sicherheit weiß ich, was sie sagen werden: Warum haben sie sich bloß keine Hilfe geholt? Sei doch nicht so verbohrt, Mama.«

Zu Antons eigenem Erstaunen entfalteten sich auf einmal Kräfte in ihm, die er bislang bei sich nicht gekannt hatte. Das hier war wichtig. Mit Entsetzen erkannte er, dass die Drohung seiner Mutter keine leeren Worte war.

Wütend darüber beschloss er sie weiter aus der Reserve zu locken. »Aber dann tu mir bitte noch einen letzten Gefallen und bringe es für Papa und dich gleich hinter euch, hier und jetzt. Wage es nicht, mich in der Ungewissheit zu lassen, ob es jedes Mal, wenn ich die Tür hinter mir schließe, oder vielleicht doch erst in drei Wochen so weit sein könnte. Wenigstens das bist du mir schuldig, wenn du nicht willst, dass meine Seele von dieser bösen Vorahnung zerfressen wird«, pokerte er um Leben und Tod. Stumm liefen der Mutter die Tränen herunter. Tröstend wollte Anton ihre Hand nehmen, aber irgendetwas in seinem Inneren hielt ihn zurück. »Mama, bitte lass dir helfen«, war das Einzige, was er stocksteif hervorbrachte.

Mutter und Sohn saßen in der wunderschön vertäfelten Wohnküche, die sie mit ihrer Wärme umschloss, wohlwissend, dass die nächsten Minuten über ihre Zukunft entscheiden würden, während der Vater auf dem Sofa lag, von wo aus er einige Fetzen der Unterhaltung mitbekommen hatte.

»Sie wird doch nicht wirklich …«, dachte sich Franz und konnte es kaum glauben.

Etliche nervenzehrende Minuten vergingen, bis die Mutter sich endlich räusperte und ihre Stimme wiederfand, die in Antons Ohren ein wenig sanfter als erwartet klang.

»Gut, wir machen es so, wie du gesagt hast. Aber du musst dich darum kümmern, geeignete Leute finden und mit Vater über die anstehenden Veränderungen sprechen. Es liegt jetzt in deiner Verantwortung, weil ich, ich kann nicht mehr.« Damit erhob sie sich. »Ich muss jetzt in den Stall.« Zum ersten Mal seit langem ging sie nicht ins Wohnzimmer, um nach Vater zu sehen, bevor sie sich im Gang ihre Gummistiefel anzog.

Anton war wie betäubt. Er hatte zwar gewonnen, aber der Einsatz, den er gebracht hatte, ist zu hoch gewesen. »Was hätte ich nur getan, wenn sie sich anders entschieden hätte?«

Bei diesem entsetzlichen Gedanken wurde ihm auf einen Schlag unvorstellbar übel. Noch bevor er es zur Toilette geschafft hatte, würgte es ihn bereits einige Male. »Ich hoffe, sie hält sich an unsere Abmachung und tut nichts Unüberlegtes«, war noch der letzte Rest seines Gedankens, bevor er vor der Kloschüssel niederkniete.

Maries Erlebnisse (erzählt von Anton)

Die Stadt, in der ich nun lebte, war mir nicht ganz fremd. Viele Male zuvor hatte ich Markus dort während seiner Studienzeit besucht, kannte nette Orte, das Nahverkehrsnetz und wo man am besten einkaufen konnte. Außerdem hatte Markus ein riesiges Vergnügen daran, mich als seine Freundin in das studentische Nachtleben, das ich vorher nur am Rande miterlebt hatte, einzuführen.

Diese neuen Erlebnisse bereiteten mir ein Vergnügen, von dem ich mich gerne mitreißen ließ. Markus hatte ein paar gute Freunde, teils liiert, teils solo, mit denen wir unzählige Male überaus trunken von der Musik, dem Alkohol und den Mysterien der Dunkelheit um die Häuser zogen.

Einige der jungen Männer vom Fachbereich Chemie, an dem Markus studierte, hatten eine Band gegründet. Sie nannten sich einfallsreicherweise die »Die Laborkittel« und spielten rockige, zum Teil auch jazzige Nummern. Markus wollte unbedingt ein Teil davon sein und war, weil er weder ein Instrument spielen noch besonders gut singen konnte, für die Technik zuständig, was, wie er immer zu betonen pflegte, den eigentlichen Erfolg der Gruppe ausmachen würde. Sie hatten bejubelte kleinere Auftritte bei Univeranstaltungen oder Privatpartys. Den größten Spaß bescherten mir allerdings die zahllosen gemeinsamen Proben.

Häufig besuchte ich die Hobbymusiker im Bandprobenkeller und ließ keinen ihrer Auftritte aus. Dies bedeutete für mich ein vollkommen anderes Leben, losgelöst aus dem Schraubstock der Verpflichtungen, in dem ich während der letzten Monate in meiner Rolle als pflegende Tochter festgesteckt hatte.

In den neuen Kindergarten und seine Abläufe hatte ich mich schnell und unproblematisch eingefunden. Ich stellte fest, dass es ein durchaus entspannteres Arbeiten bedeutete, wenn man nicht alle Mütter, Väter,

Omas und Opas der Kinder aus dem Ort, nebst sämtlichen Verstrickungen, schon seit Urzeiten kannte. Ohne diese Vorbelastungen war das Verhältnis zu den Erwachsenen von einer förmlichen Distanz geprägt, die mir einen klareren Blick auf die Kinder zuließ.

Manchmal fragte ich mich, ob ich nicht den Streit mit meiner Mutter absichtlich provoziert hatte, nur um endlich aus den gewohnten Strukturen ausbrechen zu können. Trug ich gar die alleinige Schuld? Hatte ich mit dem Zerwürfnis nicht am meisten mir selbst einen Gefallen getan?

Mit Anton lief es zu Hause wohl besser, um nicht zu sagen sehr viel besser als mit mir. Ich hatte mit Mutter seit dem Tag unserer Auseinandersetzung nicht mehr gesprochen, aber mit meinem Bruder telefonierte ich regelmäßig. Bislang hatte ich mich noch nicht zu fragen getraut, ob sie sich schon Hilfe geholt hatten. Mit einem Mal kam er mir, lag es am Telefon oder meinte er sich mir gegenüber verstellen zu müssen, so erwachsen vor.

Ich hingegen fühlte mich gar nicht erwachsen. In meinem Bauch flatterten die Schmetterlinge, weil ich mich ständig in die zahlreichen neuen Dinge um mich herum verliebte und alles davon unbedingt ausprobieren wollte. Diese aufgeregt schlagenden Flügel in meinem Inneren hatten zusätzlich ein Gutes, verdeckten sie doch äußerst zuverlässig mein zuweilen aufflackerndes schlechtes Gewissen.

»Marie, wenn du deinen BH während unseres nächsten Gigs bei der Uni-Party auf die Bühne wirfst und damit beweist, dass du unser heißestes Groupie bist, darfst du in die Band«, teilte mir Markus im Auftrag seiner Freunde mit.

Auf mein Drängen hin hatte er diese Chance bei den anderen Bandmitgliedern für mich herausgeschlagen. Ich war zwar keine große Sängerin, hatte aber eine durchaus passable Stimme und wollte unbedingt als Backgroundsängerin ein Teil der Gruppe werden.

»Ihr seid wohl verrückt. Und aus euch sollen einmal ernstzunehmende Wissenschaftler werden? Dass ich nicht lache.« Unter gespielter Entrüstung schüttelte ich den Kopf. »Da muss ich aber vorher erst heiße Unterwäsche kaufen gehen.«

So wurde ich dank eines ungetragenen, roten Spitzen-BHs, der als einziger in ihrer nicht ganz so steilen Musikerkarriere jemals auf ihrer Bühne landen sollte, in die Band aufgenommen.

Markus befand sich in seinem letzten Semester und musste zusätzlich zu den vielen Prüfungen noch seine Abschlussarbeit schreiben, weswegen er zunehmend bei den Proben und Auftritten fehlte. Auch wenn es sich zunächst anfühlte, als würde ich Markus etwas stehlen, wenn ich ohne ihn mitmachte, so war es doch irgendwie aufregend, ganz für mich allein am Mikro zu stehen.

Zu Beginn versuchte ich nur zaghaft mit vorsichtigen und leisen Tönen den ersten Takten der Musik zu folgen, diese unauffällig zu untermalen. Mit der Zeit jedoch, als ich merkte, dass ich die Melodie tragen konnte, gewann meine Stimme an Kraft. In jedem Fall wollte ich gehört werden. Während ich sang, hatte ich meist die Augen geschlossen. Ich stellte mir vor, es wären keine Menschen um mich herum, die mich ansahen, sondern nur die musikalischen Wellen der Instrumente umgaben mich, die sich, vereint mit meinem Gesang, geschmeidig durch den Raum bewegten. Dabei kam ich mir sehr erhaben vor.

Mein erster Auftritt mit der Band war auf der Hochzeit eines Kommilitonen der Bandmitglieder aus dem Fachbereich Chemie. Tage zuvor war ich bereits aufgeregt. Es wollte mir einfach nicht gelingen, meine fliegenden Gedanken einzufangen, die auf einer imaginären Tonleiter umherwirbelten. Als hätte jemand sie wie einen nie enden wollenden Kreisel angedreht, so war es mir unmöglich, sie mit den Händen packen, stoppen oder gar in den Schlaf wiegen zu können.

Auch Markus wurde zusehends nervöser. In ihm kroch die Angst empor, den naherückenden Abgabetermin für seine Arbeit niemals einhalten zu können. »Ich kann mich auf der Hochzeit am Wochenende unmöglich um die Technik kümmern«, eröffnete er mir zwei Abende vor der geplanten Feierlichkeit, die auch meinen großen Tag bedeuten würde.

»Ja, aber, du kannst mich und die anderen doch nicht einfach so hängen lassen.« Erst in dem Moment, in dem ich diesen Satz aussprach, wurde mir bewusst, dass ich nicht einmal in der Nähe seiner Sorgen, sondern ausschließlich bei mir und meinen Bedürfnissen war. Um ehrlich zu sein, war es nun einmal das Erste, was mir in den Sinn kam.

»Wenn das das Einzige ist, was dir dazu einfällt«, schnaubte er verächtlich. »Die anderen verstehen mich. Sie sind selbst im Prüfungsstress, aber die meisten fangen erst nächstes Semester mit ihrer Abschlussarbeit an, weswegen sie nicht die gleiche Doppelbelastung haben wie ich. Dich scheint es aber herzlich wenig zu interessieren, dass ich seit Wochen auf Notstrom laufe. Du hast deinen Kopf sowieso irgendwo ganz anders.«

»Ich will doch nur zu diesem Auftritt, zu meinem Auftritt und singen, auch wenn man mich jetzt kaum mehr hören wird, weil der Bass viel zu laut ist und der Schlagzeuger alles überdeckt mit den Tönen, die er ungebändigt aus dem Becken herausdrischt, während er den Trommeln mit dem Pedal zusetzt. Wenn Markus mit seinen Reglern nicht für klare Ordnung sorgt, die jedem seinen Platz zuspricht und ein genaues Kontingent an Lautstärke pro Person beimisst, dann wird meine Stimme am Ende des Tages ganz untergehen.« Diese Worte dachte ich mir nur, während ich nach einer Antwort für den Mann suchte, mit dem ich nun schon seit so vielen Jahren zusammen war und der meine einzige Verbindung zu meinem alten Zuhause bedeutete. Zugegebenermaßen sah er von den Strapazen der zahllosen durchgearbeiteten Nächte deutlich mitgenommen aus.

»So war es nicht gemeint, weiß ich doch, unter welch enormem Druck du im Augenblick stehst. Ich bin nur so aufgeregt wegen meines ersten Gigs, ich kann an gar nichts anderes mehr denken. Ich würde einfach so gerne hingehen«, unternahm ich den Versuch, mich ihm wieder anzunähern.

Für Markus war das Thema allerdings noch nicht erledigt. »Hast du eigentlich mitbekommen, dass ich kaum schlafe, weil mich die viele Arbeit umtreibt und ich ab vier Uhr morgens vor den Büchern sitze? Ist dir nicht aufgefallen, dass ich in den letzten zwei Monaten sechs Kilo abgenommen habe, aus Sorge, dass ich das alles nicht schaffen werde? Siehst du überhaupt noch die Menschen um dich herum oder geht es dir nur noch um die Band? Wann hast du eigentlich das letzte Mal deinen Bruder gesprochen?«

Mit diesen als Fragen getarnten Vorwürfen erhob er handfest Anklage gegen mich. Den Faustschlag direkt in meine Magengrube hatte er mit der letzten Frage so fein und spitz gesetzt, dass ich das Gefühl hatte, in diesem Moment würde jede Fassade, hinter der ich mein Leben derzeit verbrachte, herabbröckeln und dabei die gnadenlos demontierte Wirklichkeit zur Schau stellen.

Ich hatte meinen kleinen Bruder vor Augen, wie er Vater im Rollstuhl umherfuhr, immer weiter fort von unserer zeternden Mutter. Meine Freude der vergangenen Tage, die tanzenden Gedankensternchen, sie alle mussten herunter, ganz tief hinabsteigen, denn dieses Bild hatte oben keinen Himmel mehr.

Ich suchte Markus' Blick, wollte sehen, ob er nun über mich triumphierte, nachdem er meine sich gerade im Begriff des Wachsens befindlichen Flügel der lieben Ordnung halber erst einmal zurechtgestutzt hatte. Der matte Ausdruck, den ich hingegen in seinen Augen fand, irritierte mich. Sein Körper wirkte schlaff, kraftlos, nichts glich dem stolzen Bild eines Siegers, der gerade den entscheidenden Zug gemacht hatte.

In mir wechselten sich Hass und Mitleid für ihn ab, nur ein Gefühl fehlte gänzlich, die Liebe. Ein Gedanke kam mir, fast diabolisch und mit unheimlicher Kraft: »Vielleicht sollte ich dich auch noch loswerden.« Und es wurde mir klar, dass in diesem Satz vor allem das »auch noch« das Entscheidende war.

»Marie, es tut mir leid«, ruderte er nach der Erkenntnis, zu weit gegangen zu sein, zurück.

»Mir auch.« Der Einfachheit halber ruderte ich aus alter Gewohnheit mit.

»Ich möchte trotzdem, dass du deinen Auftritt hast, auch wenn ich nicht dabei bin.« Er meinte es ehrlich; ein gönnerhafter Unterton haftete dennoch seiner Erlaubnis an.

»Danke dir.«

Der Auftritt bei der Hochzeit, die Musik, die eigene Stimme, die Menschen, alles zusammen war einfach bombastisch und mit Sicherheit bis dato eines der schönsten Erlebnisse meines Lebens. Ein Hochgefühl machte sich in mir breit, das noch lange in mir nachhallte und ich zu meinem Leidwesen mit niemandem teilen konnte.

Ob mir der Auszug aus der kurzweilig gemeinsam bewohnten Wohnung sehr wehgetan hat? Im Nachhinein erschien es mir gar nicht mehr so, auch wenn ich die Sekunde, in der ich Markus meine Schlüssel endgültig an das Schlüsselbrett hängte, als durchaus schmerzvoll empfand. Vielleicht hatte ich mich mittlerweile auch schon ein wenig daran gewöhnt, Menschen, die mir einmal alles bedeutet hatten, einfach hinter mir zu lassen. Konnte man in so etwas tatsächlich Übung bekommen?

Nach der Beendigung seines Studiums war Markus bemerkenswert schnell zu einem erfolgreichen Mann avanciert. Er hatte eine lukrative Anstellung mit einem unglaublichen Stundenvolumen und häufigen Auslandsaufenthalten an Land gezogen.

Der Umstand, dass ich während seiner Geschäftsreisen regelmäßig ganze Nächte außer Haus verbrachte, hätte noch eine Weile unbemerkt bleiben können, wäre Markus nicht eines Nachmittags unerwartet aufgrund einer Magenverstimmung früher von einem seiner Termine zurückgeflogen. Völlig unvorhergesehen kehrte er an diesem schicksalhaften Tag bereits um vier Uhr dreißig zurück in unsere Wohnung.

Zunächst wunderte er sich nur, dass ich nach der Arbeit nicht zu Hause erschien, aber er fühlte sich zu elend, um dem weiter nachzugehen. Erschöpft fiel er ins Bett und erwachte erst wieder kurz vor Mitternacht. Obwohl er so lange geschlafen hatte, fühlte er sich immer noch schrecklich. All seine Wehwehchen warf er mir im Nachhinein vor, auch wenn seine Krankheit nun wirklich das Einzige war, für das er mich in dieser ganzen Sache nicht zur Verantwortung ziehen konnte.

Über das Handy bin ich nicht erreichbar gewesen, so oft Markus es auch versuchte. Zunächst machte er sich echte Sorgen um mich, doch je später es wurde, desto grässlicher zog ein Groll gegen mich in ihm auf, der ab einem gewissen Zeitpunkt alles Feuer in ihm entfachte, das er in sich zu entzünden vermochte. Ungelöscht loderte es bis zum nächsten Morgen heiß in Markus' ohnehin schon geschundenen Eingeweiden weiter.

»Ich muss los, ich muss noch kurz in die Wohnung.« Vorsichtig entwand ich mich der Umarmung des neuen warmen Körpers neben mir, der ebenso wie ich die Nacht nackt, einer neben dem anderen, verbracht hatte. Ich wusste, dass dieser Körper stark sein und unheimliche Kräfte entwickeln konnte, im Moment aber lag er eher schutzbedürftig da. Sorgsam deckte ich ihn zu, bevor ich in meine Kleidung vom gestrigen Tag schlüpfte.

»Warum duschst du nicht hier und bringst dir etwas Frisches zum Anziehen mit, Marie?«, raunte mir Andi im Halbschlaf zu, während ich eilig in meine Jeans und den Pullover vom Vortag schlüpfte. »Es ist doch furchtbar umständlich, in der Früh immer erst durch die halbe Stadt zu deinen Sachen zu gondeln.«

Keiner von uns beiden sagte in »deine« oder »die alte« oder »Markus'« Wohnung. Wir trafen uns immer nur bei Andi, im Zuhause des Schlagzeugers der »Laborkittel«, und erfüllten damit alle Klischees.

»Ich muss los, Andi. Ich rufe dich an«, flötete ich ihm noch entgegen, bevor ich meine Tasche griff und beschwingt meinen Weg aufnahm. Ich fühlte mich leichtfüßig und voller Tatendrang.

»Markus!« Der Schrecken musste mir ins Gesicht geschrieben stehen.

Als ich an diesem Morgen eilig den Schlüssel im Schloss umdrehte und den Flur betreten wollte, erwartete mich Markus bereits unmittelbar hinter der Tür. Er wich keinen Millimeter zurück, um mich vorbeizulassen. Energisch hatte er sich in die Brust geworfen und wirkte zu allem entschlossen.

»Wo warst du?«, nahm er mich unmittelbar ins Kreuzverhör. »Ich komme gestern schwerkrank nach Hause, mein gesamter Magen-Darm-Trakt fühlt sich wie ein einziges Inferno an und wer ist nicht da? Madame! Und wer geht nicht ans Handy? Madame! Erst hatte ich Angst, dir sei etwas zugestoßen, aber mittlerweile denke ich, du solltest dir lieber wünschen, es wäre so.«

Mir kam der abstruse Gedanke, dass er gar nicht so krank aussah, ganz im Gegenteil eher so vital wie seit Monaten nicht mehr.

»Wer ist es? Ich habe ein Recht darauf, es zu wissen, nach all den Jahren«, bellte er mir entgegen. Mir entging nicht, wie sehr er sich beherrschen musste, um nicht näher an mich heranzurücken, als befürchtete er in meiner Nähe womöglich die wohl gehütete Beherrschung zu verlieren.

Vielleicht wäre es in diesem Moment sinnvoller gewesen, nichts zu sagen, den Namen des Nebenbuhlers zu verweigern, eine Ausrede zu erfinden, aber mein Gehirn machte nicht die geringsten Anstalten, seine Synapsen und Verzweigungen auf die Suche nach einem schmerzloseren Ausweg zu schicken.

»Es ist Andi«, gestand ich Markus schonungslos. Ob ich froh war, dass diese geheime Liaison nun endlich zu Tage befördert worden war? Hätte ein Außenstehender mir diese Frage gestellte, wäre ich ihm eine Antwort schuldig geblieben.

Markus lachte laut auf. »Der Schlagzeuger-Andi?« Er konnte seine Verwunderung darüber nicht verbergen. »Seit wann geht das?«

»Das ist doch nicht so wichtig«, antwortete ich ihm und meinte es tatsächlich so.

»Seit wann das geht, will ich wissen«, blieb Markus unnachgiebig. Der stechende Ausdruck in seinen Augen verriet mir, dass es ihm Ernst war.

Nachdem ich nun schon einmal mit der Wahrheit begonnen hatte, wollte ich fairerweise bei ihr bleiben, auch wenn sie mich in dieser Situation gewiss nicht mehr retten konnte. Meine langjährige, stabile Beziehung hatte ich sehenden Auges verspielt.

»Es hat schon vor einiger Zeit zwischen uns gefunkt, aber ich habe mich versucht mich gegen meine Gefühle zu wehren. Passiert ist es dann nach unserem Auftritt auf dem Straßenfestival vor vier Wochen, als du für drei Tage in London warst.«

Den Kopf zwischen seinen Händen haltend, als trage er Sorge, dieser könne aufgrund der unsäglichen Dinge, die er soeben erfahren hatte, auseinanderbrechen, lief er den Hausgang auf und ab. »Du heuchlerische Schlampe, du Verräterin, für dich hat wohl nichts einen Wert. Aber ich hätte es wissen müssen, du verrätst jeden, wenn es dir in den Kram passt, einfach jeden.«

Mein Haupt leicht gesenkt, den Blick stoisch vor mich auf den Boden gerichtet, ließ ich seine Hasstiraden schweigend über mich ergehen. Mir war sehr wohl klar, wen er mit »jeden« meinte.

Dann blieb er abrupt vor mir stehen und zeigte mit seinem Zeigefinger auf die Haustür. »Ich will, dass du ausziehst, sofort! Du widerst mich an! Ich will dich nie mehr wiedersehen, verschwinde, hau einfach ab!« Und damit schob er mich zur Wohnung hinaus.

Mit nichts als den Kleidern vom Vortag an mir und einem unangenehmen Déjà-vu im Gepäck machte ich mich auf den Weg zur Arbeit. Wie auf Watte, sonst war da nichts.

Antons eigene Schritte (erzählt von Anton)

Anton hatte sich Mutters Einverständnis geholt, Hilfe von außerhalb der Familie organisieren zu dürfen. Bislang fehlte ihm allerdings noch die Erlaubnis seitens des Vaters. Immer wieder schob Anton sie hinaus, diese Unterhaltung, von deren Ausgang für sie alle so viel abhängen würde und von der er befürchtete, sie könne durchaus in einer unschönen Auseinandersetzung münden.

Er erfand für sich selbst vielerlei glaubhafte Ausreden, warum gerade jetzt nicht der richtige Zeitpunkt sei, das entscheidende Gespräch herbeizuführen. Er wolle den Vater schonen, gaukelte er sich vor, ihn vor allem nach der Aufregung im Zusammenhang mit Maries Auszug erst einmal zur Ruhe kommen lassen. Dann wiederum fand er Ausreden, wie zum Beispiel, dass es mit ihnen dreien momentan ganz gut lief und er diesen vermeintlichen Frieden unter keinen Umständen gefährden wolle.

Wenn er mit seiner Schwester sprach, fragte sie ihn anstandshalber nie, ob der Pflegedienst schon zur Unterstützung ins Haus käme. Er schämte sich dafür, dass er es noch nicht über sich gebracht hatte, seinen Vater mit diesem Ansinnen zu konfrontieren, und wurde zusehends wütend auf Marie, die sich seiner Meinung nach ihr Recht, Forderungen an ihn zu stellen, verspielt hatte, selbst wenn sie diese nicht ausformulierte.

Etliche Monate, die Anton und seine Mutter kräftemäßig weiter aufzehrten, zogen ins Land, bis der Sohn aus reinem Selbstschutz nicht mehr umhin konnte seinen Vater mit der ungeschönten Wahrheit zu konfrontieren.

»Papa, Marie ist nun schon eine Zeit lang weg und wir brauchen Hilfe, schon allein wegen Mama«, kam es Anton, ohne dass er vorgehabt hätte just an diesem Tag das Gespräch zu suchen, beim abendlichen Umziehen ungelenk über die Lippen. »Ich weiß, dass das schwer für dich ist, aber wir dürfen nicht zulassen, dass sie uns zusammenbricht. Bitte hilf mir und sag ja.«

Es war das härteste Gespräch, das Anton in seinem bisherigen Leben zu führen hatte. Er wusste, er würde dem Vater drohen müssen ihn ebenfalls zu verlassen, sollte dieser sich nicht mit seinem Vorschlag einverstanden erklären. Was dann passieren würde, daran mochte er gar nicht denken, nicht daran, wie sein Vater reagieren würde, und vor allem nicht daran, was sich seine Mutter in ihrer labilen Verfassung alles einfallen lassen könnte.

»Kümmerst du dich dann um den Wald?«, kam die Reaktion seines Vaters wenngleich etwas zeitverzögert, so doch sehr bedacht. Seine Frage erweckte den Anschein, als wolle er mit Anton verhandeln und dabei durchaus seine eigenen Bedingungen stellen. Vielleicht hatte er ein solches Gespräch auch bereits erahnt und sich dementsprechend innerlich vorbreitet. Er bekam vermutlich von seiner Umwelt mehr mit, als man ihm manchmal unterstellte.

Anton schluckte. Mit einer solchen Forderung hatte er überhaupt nicht gerechnet. Es war ihm vollkommen fremd, dass sein Vater in irgendeiner Form seine Zukunft lenken wollte. Aber er erkannte auch, dass die allgemeinen Umgangsweisen, die früher in ihrer Familie gegolten hatten, seit geraumer Weile hinfällig waren und man gut daran tat, sich schnell auf die neu vorherrschenden Gesetze einzustellen. »Ich muss das nehmen, was ich kriegen kann«, dachte sich Anton und erwiderte seinem Vater: »Wenn du einer Pflegekraft zustimmst, regelmäßig und auf Dauer, dann bleibe ich und kümmere mich um den Wald.«

»Persönlich«, hakte der Vater nach.

»Persönlich«, wiederholte Anton.

Der Vater nickte, womit die Abmachung galt. Urplötzlich wirkte er sehr erledigt, erschöpft davon, für seine Belange eingetreten zu sein, und schloss die Augen.

Als Anton sich umdrehte, fügte Franz noch hinzu: »Sag deiner Mutter, sie braucht sich nicht zu vergiften. Und mich auch nicht.«

Anton hatte nicht das Bedürfnis, seine Mutter dem Vater gegenüber zu verteidigen, auch wenn er wusste, dass es auf eine Weise ungerecht war, ihr Vorhaltungen zu machen. Für ihn hieß es jetzt vor allem, dass er endlich wusste, was für ihn zu tun war. Die Tage der Unsicherheit waren vorbei.

Von nun an wäre er der offizielle Hüter des Waldes und es lag an ihm, seine Seite der Auflagen ihres mündlichen Vertrages zu erfüllen. Er hatte schon des Öfteren den Gedanken gehegt, Forstwissenschaften zu studieren, ihn aber immer wieder halbherzig verworfen. Aufgrund der neuen Umstände beschloss er diesen Plan nun endlich in die Tat umzusetzen. Zusätzlich würde er sich, trotz aller Hilfe, weiterhin um seinen Vater kümmern. Alle Aufgaben unter einen Hut zu bekommen, würde eine unglaubliche Organisation und irrsinnige Fahrerei bedeuten, aber Anton war mit diesem hier und heute geschnürten Paket für seine Zukunft zufrieden.

Lediglich der Jagdschein lag ihm noch im Magen. Einen fremden Jäger in seinem Revier wollte er unter keinen Umständen. Hatte er nicht soeben zugesagt, dass er alles selbst erledigen würde? Er hatte zu großen Respekt vor den Turbulenzen der letzten Zeit, um

die fragilen Allianzen mit einer zu lockeren Ausle-
gung der neu getroffenen Vereinbarungen erneut zu
gefährden.

Unglücklicherweise war es mitten im Jahr, als
diese Entscheidungen fielen, so dass sich Anton mit
seiner Bewerbung um einen Studienplatz noch etwas
gedulden musste. Währenddessen versuchte er sich
dem Thema Jagd zumindest schon einmal im Ansatz
zu nähern.

Mit sehr viel Achtung in der Stimme fragte er den
Vater, wie viele Tiere er im Jahr durchschnittlich
würde erlegen müssen, und dieser beschrieb ihm, wie
man ein Reh fachmännisch aufbrach. Er gab dem Vater das Gewehr, der es im Rollstuhl sitzend mit Antons
Unterstützung anlegte und den Sohn darin einwies,
wie man es auseinanderbaute und reinigte.

»Papa, ich weiß nicht, ob ich ein Tier umbringen
kann?«, teilte Anton seinem Vater bei diesen Gele-
genheiten seine Bedenken mit.

»Du kannst alles, wenn du es musst, und du musst
es, weil es das Beste für den Wald ist. Von dir hängt
es nun ab, mein Lieber.« Er meinte dieses »mein Lieber« am Ende nicht böse oder drohend, sagte er es beinahe liebevoll und dennoch haftete ihm ein ein-
schüchternder Unterton an. Mehr denn je wurde sich
Anton der Tragweite all seiner Handlungen bewusst.

An diesem Abend setzte er sich an seinen Computer, um an Marie zu schreiben. Auch wenn sie sich mit Nachfragen, wie es um ihn bestellt war, nicht gerade überschlug, so dachte er, wäre es dennoch wichtig, sie über die Veränderungen im Leben ihrer Familie in Kenntnis zu setzen.

»Liebe Marie,

es gibt verschiedene Arten von Verbindlichkeiten.

Da wäre zum einen der Vertrag zwischen zwei Eheleuten, dass sie sich lieben und ehren, bis dass der Tod sie scheidet und dies gefälligst die ganze Zeit über bis zu diesem finalen Ereignis, die ganzen wunderschönen, teilweise elend langen Jahre hinweg. Hierbei handelt es sich um ein Versprechen, dessen gesamte Auswirkungen sich im Vorfeld mitnichten abschätzen lassen. Ein wenig gleicht eine solche Abmachung einem Roulette, dessen Ausgang stets ungewiss bleibt.

Dann bekommen viele Menschen irgendwann Kinder und ihre ureigene Pflicht ist es, diese wachsen und gedeihen zu lassen. Diesen Wesen, den Trägern ihrer Gene gegenüber, haben sie quasi ab Geburt automatisch einen jahrelangen Betreuungs- und Versorgungsauftrag.

Bisweilen kommt es allerdings vor, dass die Welt gefühlt von jetzt auf gleich ihre Drehrichtung ändert. Die Kinder haben im Zuge dessen zum Beispiel auf einmal kranke Väter und vollkommen fremd erscheinende Mütter. Zunächst beginnen die Nachkömmlinge nun völlig unkoordiniert zu rudern, müssen aber mit der Zeit erkennen, dass es auch hier ohne ausgehandelte Abmachungen auf die Dauer nicht geht.

Diese Erkenntnis zugrunde legend, habe ich in den letzten Wochen zwei Verträge ausgehandelt, einen mit Papa und einen mit Mama. Mit dem Ergebnis, dass sich Mama, dank einer Pflegekraft, der Papa zugestimmt hat, langsam beruhigt. Im Gegenzug habe ich Papa in die Hand hinein versprechen müssen, mich um den Wald kümmern.

Zum Wintersemester beginne ich mein Studium.

Dein Anton«

Er schrieb nicht, dass die Mutter gerne mal mit Vergiftung drohte und dass es auch zwischen Geschwistern Verträge geben sollte, die zum Inhalt hätten, dass sie sich gegenseitig nicht im Stich ließen.

Bevor er sich zurückzog, schaute er noch einmal bei seinem Vater vorbei, der tief schlafend in dem Bett lag, in das Anton und Carola ihn vor drei Stunden hineingelegt hatten. Sein Atem ging schwer und es hörte sich an, als ob es in seinen Bronchien ein wenig rasselte. »Du wirst mir doch keine Lungenentzündung ausbrüten«, sorgte sich Anton und zog das wärmende Federbett ein Stück weiter nach oben, um die Brust vollständig zu bedecken.

Maries Veränderungen (erzählt von Anton)

Es sollte sehr lange dauern, bis Anton von mir eine Antwort auf seine E-Mail erhielt. Zu turbulent ging es in meinem eigenen Leben zu und zu schäbig wäre ich mir vorgekommen ihn auf die Schnelle mit einem läppischen »gut gemacht« oder gar »viel Glück« abzuspeisen. Er verdiente mehr. Ich war stolz auf ihn, dass er die Dinge zu Hause in die Hand genommen und geregelt hatte und zugleich eifersüchtig, auch wenn ich nicht genau hätte sagen können worauf. Die Rollen zwischen uns als Bruder und Schwester hatten sich offensichtlich vertauscht.

Nach nicht einmal drei Monaten hörte es auf, zwischen Andi und mir zu funktionieren. Wir lebten sehr beengt zusammen in seinem Appartement, in dem er mir nach meinem Rauswurf Unterschlupf gewährt hatte, doch der schillernde Lack der verbotenen Nächte war eindeutig ab. Eine Kombination aus gemeinsamen Bandproben, Auftritten und aufeinandersitzen in seinem kleinen Zimmer mit Kochzeile hatte den Zauber des Neuen rasch verfliegen lassen. Markus' Eltern waren wohlhabend, weshalb er bereits als Student gut und auch räumlich gesehen großzügig hatte leben können. Die Situation, in der ich mich nun befand, bedeutete eine andere Realität.

Abends begann ich weite Spaziergänge zu machen, immer dieselben Kreise ziehend, um nicht denken, mich nicht neu orientieren zu müssen. Erfundene Treffen mit Kolleginnen gaben mir ein Alibi, warum ich dringend außer Haus musste. Ich begann zu fliehen, genauso wie Andi es tat. Der Start in ein gemeinsames Leben, dessen waren wir uns beide bewusst, sah auf seinen ersten Metern anders aus. Zur Beendigung der Beziehung bedurfte es deshalb letztlich nur weniger Worte.

»Marie, ich muss mit dir reden«, rang Andi sich durch den Anfang zu machen.

Froh über seine Entschlossenheit setzte ich mich in dem Wissen, was nun kommen würde, und atmete tief durch, bevor er weitersprach.

»Ich mag dich sehr, aber irgendwie fühlt sich das hier«, er deutete auf sich und mich, »nicht richtig an. Es ist mir einfach alles zu eng.«

»Wahrscheinlich spiegeln die äußeren Umstände nur sein Inneres wider«, dachte ich mir. Enge Wohnung, wenig Raum. Doch wo sollte ich jetzt nur hin?

»Marie, hast du gehört, was ich gesagt habe? Es ist aus zwischen uns.« Er betonte jeden Buchstaben dieses »Aus« so präzise, dass ich, für mich selbst völlig unerwartet, für einen kurzen Moment innerlich dagegen zu rebellieren begann.

Reflexartig auf Gefechtsstation gehend, zogen sich meine Muskeln am Nacken und um den Schultergürtel herum zusammen. Wenn ich ehrlich war, galt diese Anspannung mehr meiner zugegebenermaßen abschreckenden, ungewissen Zukunft als der Angst davor, diesen Mann zu verlieren. Mit großen Augen schaute er mich an, darauf wartend, dass ich irgendwie auf ihn reagieren würde. Heulen, schreien, beipflichten, kämpfen, verzweifeln, irgendeine Art von menschlicher Reaktion wäre nun wohl angebracht gewesen.

»Dann muss ich wohl aus der Band aussteigen«, stellte ich neutral fest.

»Das wäre wohl das Beste.«

Markus hatte sofort, nachdem er unseren Betrug an ihm aufgedeckt hatte, seinen Posten als Tontechniker hingeworfen. Nun war es also auch an mir, etwas Geliebtes aufzugeben.

»Im Grunde genommen wussten wir doch von vornherein, dass die Sache mit Markus eine Beziehung zwischen uns schwer machen würde«, unternahm Andi den sicherlich tröstlich gemeinten Versuch, eine Erklärung für das Scheitern unserer Affäre zu finden.

»Du brauchst hier nichts zu rechtfertigen, Andi. Es ist in Ordnung«, sprang ich ihm helfend zur Seite. Es war in Ordnung, aber ich spürte, dass diese Trennung trotzdem mehr in mir aufwühlte, als ich erwartet hatte.

Hatte ich mich vielleicht absichtlich selbst sabotiert, meine Beziehung zu Markus ruiniert, alle wirklichen Verbindungen meines Lebens mit aller Kraft zerschlagen, wie Steine, die gewaltvoll aus dem angestammten Platz eines Steinbruchs herausgebrochen wurden? Große Steine, die manchmal durchaus schwer zu tragen waren, aber unbestritten ihren eigenen Wert besaßen.

Die Frage, die ich mir nicht beantworten konnte, war, zu welchem Zweck ich das alles unternommen haben sollte. Beschäftigt mit diesen verwirrenden Überlegungen packte ich noch am selben Nachmittag meine wenigen Habseligkeiten in die mir nur allzu vertrauten beiden Koffer, die mittlerweile zu meinen einzigen beständigen Wegbegleitern geworden waren, und zog zunächst einmal für ein paar Nächte in das billigste Hotel der Stadt, das ich ausfindig machen konnte.

An meinem ersten Abend, nun ganz auf mich allein zurückgeworfen, fühlte ich mich fast euphorisch angesichts meiner neu gewonnenen Freiheit. Der Schmerz wiederum kam zuverlässig an Abend Nummer zwei, als ich von der Arbeit in diese nackte Unpersönlichkeit des steril wirkenden Raumes zurückkehrte.

Es war ein überfälliger Ausbruch von unverfälschten Emotionen. Ein herzzerreißendes Schluchzen jagte das nächste und tief in mir drin empfand ich ein Gefühl, das meinen Magen zu lähmen schien und meine Eingeweide brennen ließ. Mein gesamter Torso krümmte sich in einem mir selbst unverständlichen Aufschrei. Die Laute, die dabei aus meiner Kehle drangen, sich daraus förmlich emporkämpften, glichen mehr einem Würgen und Gurgeln, als dass sie auch nur annähernd Worten ähnelten. Sie waren unzivilisierten, fast tierischen Ursprungs. Wellenartig suchte mich diese Pein immer und immer wieder heim und raubte mir jegliche Kraft, gegen sie ankämpfen oder sie gar in irgendeiner Form begreifen zu können. Ausgezehrt von dieser ungestümen Gewalt meiner eigenen Natur schlief ich nach einigen Stunden ein.

Als ich erwachte, sah ich mit einem Mal glasklar, was dieses überwältigende und niederschmetternde Gefühl, das von meinen Körper Besitz ergriffen hatte, gewesen ist. Neben all der Trauer über die Ereignisse der letzten Monate, die mein Leben mehr als einmal komplett auf den Kopf gestellt hatten, empfand ich schlicht und ergreifend Heimweh. Ich wollte nur noch nach Hause, mich an die Schulter meines Vaters lehnen, von meiner Mutter bekocht werden und mit meinem Bruder Anton in der Gegend herumstreifen.

An diesem Morgen war ich kurz davor, einfach zu ihnen zu fahren, auch wenn mir durchaus bewusst war, dass meine kindlich naiven Wünsche dort keine Aussicht auf Befriedigung mehr hatten. Wehmütig erkannte ich, dass ich von nun an auf mich allein gestellt wäre. Zuerst musste ich mein eigenes Leben bewerkstelligen, bevor ich in den Schoß der Familie, der nun ein ganz anderer als der meiner Kindheit war, zurückkehren konnte.

Trotz dieser ernüchternden Erkenntnis war der anbrechende neue Tag geprägt von einer längst vergessenen Freude. Auch wenn es noch eine Weile in Anspruch nehmen konnte, bis ich alles Vertraute wiedersehen würde, befielen mich an jenem Morgen zahllose Bilder aus vergangenen Zeiten. Sie waren so lebensecht, dass ich sie beinahe leibhaftig vor mir sehen, sie hören und schmecken konnte. Es waren wärmende Erinnerungen, die mir in Hinblick auf das, was vor mir lag, die notwendige Erdung schenkten.

Die Dame an der Rezeption des Hotels war sehr nett und hilfsbereit. Da ich im Moment keinen eigenen Internetzugang hatte und das Ladekabel für mein mittlerweile stummes Smartphone noch in Andis Wohnung lag, musste ich im Hotel meine Mails checken, um nicht komplett von der Außenwelt abgeschlossen zu sein.

War es ein Zufall, dass mich Antons E-Mail, in der er mir von den Abmachungen zwischen Vater, Mutter und sich erzählte, genau an diesem Abend erreichte? Die Brille von einem Zuhause, das es so nicht mehr gab, die ich mir in den letzten Stunden der Nostalgie aufgesetzt hatte, wechselte ihre Farbe nun von rosa zu dunkelschwarz, bis sie schließlich laut klirrend auf meiner Nase zerbrach. Wenigstens meine Augen ließ sie dabei heil. Ohne die färbenden Gläser sah ich deutlicher denn je, dass mir ein Weg zurück nicht mehr ohne weiteres möglich wäre. Ich wusste nicht einmal, ob er mir überhaupt jemals wieder offenstand.

Die drei hatten offenbar einen gangbaren Weg miteinander gefunden, der sie trug, währenddessen ich beschlossen hatte mein bisheriges Leben zu zerstören. Ich hatte nicht das Recht, zu ihnen zurückzukehren, um meine Wunden zu lecken und dabei ihre alten wieder aufzureißen. Wenn sie ihren Frieden gefunden hatten, dann würde ich diesen nicht stören.

In der Stadt konnte ich allerdings auch nicht mehr bleiben, war sie mir nach allem, was sich in ihr zugetragen hatte, schon zu sehr ein verlorenes Zuhause geworden. Die zarten Wurzeln, die ich hier durchaus geschlagen hatte, waren nicht stark genug, um dem Sturm, der über mich hinwegfegte, standzuhalten.

Dies waren die Gründe, warum Anton sehr lange auf seinen Antwortbrief warten musste. Erst nachdem ich ohne festen Boden unter den Füßen, draußen auf hoher See weit genug weg von meinem vorherigen Leben war, fand ich den Mut, ihm zu schreiben, auch wenn mir die richtigen Worte bis zum letzten Schlussakkord nicht so recht einfallen mochten. Also behalf ich mir mit dem Erzählen einer Geschichte, um meinen Gefühlen Ausdruck zu verleihen, wie ich es zuvor schon unzählige Male getan hatte.

Die Geschichte der Mäuse Naton und Miera

»Lieber Anton, vielleicht erinnerst du dich noch an Opa Maus aus einer meiner früheren Erzählungen, der einst am Meer lebte und dann nach zahlreichen Abenteuern und überstandenen Gefahren im Heuschober auf unserem Hof gelandet war. Er hatte viele Kinder und Enkelkinder, große und kleine, weiße und schwarze, braune und gefleckte, freche und weniger freche.

Alle hatte er sie von Herzen gern und erzählte ihnen seine aufregenden Geschichten, die er in der weiten Welt gesammelt hatte. Besonders aufmerksam spitzten dabei immer zwei kleine Mäuse ihre Ohren, ein Junge namens Naton und ein Mädchen mit dem Namen Miera. Sie konnten es gar nicht erwarten, selbst auf Abenteuerreise zu gehen.

Eines Abends, die Dämmerung bahnte sich bereits bedächtig ihren Weg, kletterten Naton und Miera am Efeu, der an der Scheune hochrankte, nach unten. Sie hatten Hunger und wollten im Hühnerstall nach Körnern suchen.

Um in den Stall zu gelangen, mussten sie – und das war der gefährlichste Teil des Unterfangens, der sie jedes Mal übermütig werden ließ – ein größeres Stück ungeschützt auf freier Fläche überqueren. Hatten sie diesen Weg hinter sich gebracht, konnten sie schnell die Hühnerleiter hinaufhuschen und sich dort ihre kleinen Mägen gehörig vollschlagen.

Auch an diesem Abend schafften sie es, ungesehen zu den Futternäpfen des Federviehs zu gelangen. Doch als sie gerade vollgefressen und mit kugelrunden Bäuchen zu ihrer Mäusefamilie ins Heu zurückkehren wollten, passierte es. Selbst im Nachhinein betrachtet konnte man ihnen keine Unachtsamkeit vorwerfen, hätte nichts und niemand sie vor diesem hinterhältigen Angriff bewahren können.

Die große getigerte Katze, die gefährlichste und gefräßigste von allen auf dem Hof, bekannt dafür, ihre Beute zielsicher auszuwählen und sie dann nie mehr entkommen zu lassen, stand urplötzlich vor ihnen. Sie fixierte die größere Miera, die mehr Fleisch auf den Rippen hatte, und setzte zum Sprung an, flog durch die Luft und landete knapp vor ihr.

Miera dreht sich um, rannte los und rief Naton zu: ›Lauf, Naton, lauf nach Hause. Ich komme später nach.‹

Auf ihr Geheiß hin brachte sich Naton, ohne sich auch nur einmal umzusehen, in Sicherheit.

Die Katze wunderte sich derweil darüber, wie schnell die von ihr als Abendessen auserkorene Maus über alle Hindernisse den Weg entlangzugleiten schien. ›Wo läuft sie denn hin?‹, wunderte sie sich.

Auf ihrer rasanten Flucht entfernte sich Miera immer weiter vom Bauernhof, ihrem sicheren Zufluchtsort. Ihr Ziel war der nahe gelegene Weiher. Die kleine Lunge tat ihr weh und sie hatte das Gefühl, ihre vier Füßchen berührten den Boden schon lange nicht mehr. Es war ihr, als würde sie über das feuchte, dunkle Gras schweben. Pures Adrenalin schoss durch ihre Adern.

Das Wasser im Weiher wäre bestimmt sehr kalt, wenn nicht gar eisig, hatte es in letzter Zeit keine richtig warmen Tage mit vielen Sonnenstrahlen gegeben, die das Wasser auch unter seiner Oberfläche hätten erreichen können. Trotzdem würde sie den Sprung wagen müssen, denn eines wusste sie ganz gewiss, sie würde nicht im Bauch dieser Katze landen.

Atemberaubend schnell kam das Ufer näher. Noch einmal beschleunigte die kleine Maus mit aller Kraft, sprang mit einem riesigen Satz ins Wasser und begann umgehend zu paddeln.

Die Katze, die ein paar wenige Tropfen durch Mieras Hechtsprung abbekommen hatte, machte eine Vollbremsung vor dem verhassten Nass und schüttelte sich angewidert. Drohend maunzte sie mit erhobener Pfote in Richtung der wild strampelnden Maus.

Das Wasser war noch kälter, als Miera es befürchtet hatte. Wie tausend spitze Nadelstiche drang die Kälte selbst durch ihr dichtes Fell bis zu ihrer Haut hindurch vor. ›Lange halte ich das nicht durch‹, ahnte sie. Zu allem Übel hatte sie weder einen Überblick darüber, wie weit sie schon in den Weiher hineingeschwommen noch in welcher Richtung das nächste rettende Ufer zu finden war.

Das ganze Jagdspektakel hatte Mar, ein Junge aus einer Mäusesippe, die in der Nähe des Weihers wohnte, beobachtet. Mar kannte Miera, da sie, wie wohl die meisten Mäuse in der Umgebung des Hofes, um einige Ecken miteinander verwandt waren.

›Was für eine kluge und mutige Maus Miera doch ist, die Katze derart auszutricksen‹, dachte er bewundernd. Mar hatte ein kleines Rindenboot, das von seiner Form her an einen Einbaum in Miniaturausgabe erinnerte und mit dem er manchmal mit seinen Geschwistern heimlich und natürlich verbotenerweise auf dem Gewässer herumschipperte. Er hatte sich für das Boot eine kleine Anlegestelle im Schilf gebaut, von der er es nun losband.

Weit mit dem Paddel ausholend versuchte er Strecke zu machen, während er seinen Mäuseschwanz als Ruder verwendete. Als er endlich bei Miera ankam, war es wirklich höchste Zeit. Die Kräfte der halb erfrorenen Maus hatten schon stark nachgelassen, nur ein, vielleicht zwei Minuten später und sie wäre für immer auf den Grund des Weihers gesunken.

›Miera, ich bin es, Mar. Komm schnell, ich zieh dich hoch und bring dich an Land.‹

Benommen, wie Miera bereits durch die Kälte des Wassers war, hätte sie ohnehin alles mit sich geschehen lassen. Mar nahm die vollkommen durchnässte Miera mit zu seiner Familie. Unzählige kleine Pfötchen trockneten sie rasch mit Stroh ab und hielten sie die ganze Nacht über zwischen ihren Pelzchen warm.

Am nächsten Tag war das Mausemädchen schon wieder voller Energie, fühlte mehr Tatendrang denn je zuvor.

›Ich bringe dich wieder nach Hause, Miera‹, bot Mar ihr an, der sich noch immer verantwortlich für ihr Wohlergehen fühlte.

Doch Miera lehnte sein Angebot ab: ›Ich möchte nicht wieder nach Hause. Wer weiß, wann mir die Katze das nächste Mal auflauert und mir dann endgültig den Garaus macht. Bevor mich ein Mäusebussard, ein Hund, ein Kater oder irgendein anderes Tier frisst, will ich gefälligst erst einmal etwas erlebt haben. Ich möchte meinen Kindern und Kindeskindern auch so unglaubliche Geschichten erzählen können wie mein Opa. Wenn du willst, dann komm doch mit.‹

Mar war unschlüssig. Natürlich würde er nichts lieber tun, als ein weltberühmter Abenteurer zu werden und mit seiner Freundin in die Ferne ziehen, aber er wusste, dass Miera doch sehr an ihrer Familie, besonders an ihrem kleinen Bruder Naton hing. Das gestrige Extremerlebnis, das sie im unmittelbaren Nachgang zu einer unüberlegten und übereilten Entscheidung verleiten könnte, hatte er nicht vor auszunutzen. ›Miera, kann es sein, dass du vor allem aus Angst vor der Katze fortwillst?‹, fragte er sie deshalb zaghaft.

›Das auch, mein Lieber, das auch‹, lachte sie laut auf. Dann senkte sie den Blick. Dieses gefräßige Tier hatte nun eine Rechnung mit Miera offen, von der die kleine Maus nicht wusste, wann sie beglichen werden sollte. Gerne zum Narren halten ließ sich die Katze gewiss nicht.

›Das ist meiner Meinung nach nämlich kein guter Grund‹, versuchte Naton sie zum Einhalt zu bewegen, ›weil Katzen, weißt du, Miera, die gibt es überall.‹

Mieras zustimmendes Nicken erweckte in Mar den Eindruck, sie würde sich geschlagen geben und ihre Ausreisepläne ad acta legen, doch dann grinste sie ihn schief an. ›Also, Mar, wann geht es los?‹ Ihre Abreise war also beschlossene Sache.

Am selben Abend noch zogen die beiden im Schutze der Dunkelheit los. Kilometer um Kilometer gingen sie, manchmal fuhren, ja einmal flogen sie sogar als blinde Passagiere in einem Heißluftballon ein kleines Stück.

Mar war begeistert von der Lichterwelt der Menschen, ihren schnellen Gefährten und den Unmengen an Essen, das sie in großen Tonnen vor ihren Häusern für alle bereitstellten. Miera hörte überall Töne, liebliche, mal auch garstige Melodien, die sich in ihrem Kopf zu langen, bunten Bändern verwebten und ihren Körper durchfluteten.

Äußerst interessant war es für beide, viele andere Mäuse auf ihrem Weg kennenzulernen. Die Großstadtmäuse, mit denen sie sprachen, konnten sich gar nicht vorstellen, wie man als Maus auf dem Land überleben konnte, wo man sich noch ganz eigenständig auf Futtersuche begeben musste, setzten sie sich doch tagtäglich an, wenn zum Teil auch stinkende, so doch stets reich gedeckte Tische.

Die beiden Mäuse genossen ihre Zeit und waren neugierig auf alles, was noch kommen mochte. Sie wussten nicht, wie lange sie schon unterwegs gewesen sind, als ihre Ohren plötzlich mit etwas gefüllt wurden, das ihnen bislang unbekannt war, und ihre Näschen sich zugleich feucht gekitzelt fühlten von einem Gemisch aus Salz und Feuchtigkeit.

Miera überlegte fieberhaft. Auch wenn ihr diese Eindrücke im Grunde völlig fremd waren, so riefen sie doch etwas scheinbar Altbekanntes in ihr wach. Auf einen Schlag wusste sie ganz genau, was sie hier vor sich hatten, beinahe so, als hätte sie es selbst schon einmal erlebt. ›Mar, das ist das Meeresrauschen. Ich kenne es aus Opas Erzählungen, denn er lebte vor Hunderten von Mäusejahren einmal am Meer.‹

Sie war so glücklich über ihre gewonnene Erkenntnis, dass sie blitzartig weiter auf dieses immer mehr Gestalt annehmende Geräusch zulief. Ihre kleinen Füße trippelten über den weichen, sandigen Boden. ›Es ist exakt so, wie Opa es beschrieben hat‹, freute sich Miera und doch war es in Wirklichkeit noch weitaus beeindruckender, imposanter, als sie es sich je hätte erträumen lassen.

Übermütig lief sie bis hinein in das erste Wasser, das sich vorne am Strand für einen kurzen Moment hinlegte, bevor es unmittelbar wieder ins große Ganze zurückberufen wurde. Auch Mar war begeistert.

Ausgelassen hüpften und tanzten die beiden die halbe Nacht mit dem Wasser, bis sie sich schließlich erschöpft in eine Sandkuhle ins sichere Schilf legten und eng aneinandergeschmiegt einschliefen.

Am nächsten Tag, als sie ausgiebig die Gegend erkundeten, landeten sie zufällig am Hafen. Der Trubel dort war atemberaubend. Nur die vielen unbekannten, laut kreischenden, weißen Vögel, die stets über dem Wasser kreisten, bevor sie blitzartig kopfüber ins Wasser tauchten, um im Anschluss zappelnde Fische zu Tage zu befördern, gaben den zwei Mäusen ein Rätsel auf.

Handelte es sich bei ihnen um Fressfeinde oder hatten sie ohnehin genügend mit dem Fischfang zu tun, so dass Mäuse erst gar nicht auf ihrer Speisekarte standen? Leider sollte diese ungeklärte Frage bald eine traurige Antwort erhalten.

Glänzende Yachten, wunderschöne Segelboote und gigantische Kreuzfahrtschiffe hatten im Hafen angelegt. Menschen sprangen über die Planken, beluden die Boote mit Waren oder trugen schwere Koffer in die Bäuche der Schiffe. Die beiden Mäuse verrenkten sich beinahe ihre Köpfe, um bloß nichts von dieser für sie so fremden Welt zu verpassen.

Wagemutig liefen sie sogar zu einem der Stege, um von dort auf eines der großen Boote zu gelangen. Ein richtiges Schiff fehlte ihnen noch in der Sammlung ihrer verschiedenen Fortbewegungsmittel. Wer wusste schon zu sagen, an welche exotischen Orte es sie bringen mochte.

»Wie wäre es, zwei Mäuse einmal um die ganze Welt?«, neckte Mar seine Reisegefährtin und schon war der Plan gefasst.

Als sie gerade unbemerkt von den vielen trampelnden Schuhen der Menschen um sich herum am Ende der Gangway angekommen und nur noch einen Mäusesprung von einer weiteren Etappe ihrer fantastischen gemeinsamen Reise entfernt waren, geschah das Unfassbare. Von oben herab schoss, kaum hörbar, einer der ansonsten so lärmenden Vögel, packte Mar zielsicher mit dem Schnabel am Genick und riss ihn mit sich empor.

›Wir schmecken ihnen also doch‹, dachte sich Miera entsetzt.

Bevor die Möwe den erbeuteten Mäuserich endgültig verschlang, rief dieser noch laut: ›Lauf, Miera, lauf. Lauf auf das Schiff.‹

Auf Mars Befehl hin rannte sie los. Mit einem enormen Satz rettete sie sich auf das Boot, verzweifelt darüber, ihren einzigen Freund, ihr letztes Stück Familie, auf derart tragische Weise für immer verloren zu haben.

Wie sich mit der Zeit herausstellte, war Miera auf einem haushohen Urlaubsschiff gelandet, von dem sich zahllose Menschen mit ihren Kindern auf dem blauen Meer von einem Ort zum anderen fahren ließen.

Zu Mieras Glück gab es auf dem Schiff eine Kombüse phänomenalen Ausmaßes und zahllose andere Mäuse, die dort lebten und sich auf das Vortrefflichste durchfraßen. Die einsame Maus, die zu Beginn vor Heimweh fast verging, wurde schnell von den anderen aufgenommen. Im Gegenzug dazu half Miera, wo sie konnte, betreute die Kinder, während die Eltern Ausschau nach neuen Küchenabfällen hielten, und fütterte die Alten und Kranken.

Langsam ebbte die Sehnsucht nach ihrem Zuhause immer mehr ab und die Einsamkeit in ihrem Herzen wurde durch die vielen anderen Vierbeiner, mit denen sie nun ihr Leben teilte, Stück für Stück aufgefüllt. Mehr und mehr fand sie Gefallen an dem geschäftigen Treiben, das immerzu an Bord herrschte, den Partys, den Spielen und den aufregenden Landausflügen, zu denen sie sich manchmal in einer Badetasche oder einem Kamerarucksack ungesehen mit hinausschmuggelte. Bis zum heutigen Tag reist sie mit dem Schiff und sieht die Welt.

Dennoch vermisst sie manchmal Opa Maus, ihren Bruder Naton und sogar die Katze, die aus der Ferne betrachtet durchaus ein kuschliges Fell hatte.«

Unter dem Text notierte ich Anton die Adresse meines neuen Arbeitgebers, einer großen deutschen Reederei, und meinen derzeitigen Aufenthaltsort, einen Luxuskreuzer.

Antons Werdegang (erzählt von Anton)

Anton hatte keinen Kopf für Studentenpartys, exotische Reisen oder Ausflüge, wie seine Freunde und Kommilitonen sie machten, um, wie sie sagten, das Leben zu genießen und tiefschürfende Erfahrungen, existentielle gar, zu machen. Dafür kletterten sie auf die höchsten Gipfel und trampten mit dem Rucksack in den Semesterferien durch die Welt.

Anton leitete derweil die Holzfällerarbeiten im Wald. So oft wie möglich versuchte er den Vater dabei mitzunehmen, um sich von ihm, soweit er es noch vermochte, beraten zu lassen. In diesem Fall war es der Vater, der ihm half.

»Warum bist du eigentlich immer so ernst, Anton?«, fragte ihn eine seiner Mitstudentinnen kurz vor dem Ende seines Studiums.

Er und einige junge Leute aus seinem Semester, die gerade eifrig dabei waren, die Abschlussfete zu planen, hatten zusammen in der Mensa gesessen, als Anton sein leeres Tablett nahm und gerade im Begriff war sich zu verabschieden. An diesen Festkomitees hatte er noch nie teilgenommen.

»Magst du keine Partys oder wirst du nachts zu einem unansehnlichen Monster, das sich nicht mehr aus dem Haus traut, weil sie es sonst jagen und seinen abscheulichen Kopf als Trophäe ausstellen würden?«, forderte sie ihn mehr als offensichtlich heraus. Die anderen um sie herum lachten.

Anton wurde rot, ob aus Verlegenheit oder aus Wut konnte er nicht sagen. Sicher, es war seine Schuld, dass kaum einer etwas von seiner Situation zu Hause wusste, hielt er sich den anderen gegenüber stets bedeckt. Trotzdem spürte er, dass hier eine Ungerechtigkeit ihm gegenüber geschah.

Beinahe fünf Jahre waren nun seit dem Schlaganfall seines Vaters vergangen. Mit Hilfe verschiedener Therapien, die er eisern durchhielt, hatte er wieder besser zu sprechen gelernt, wenngleich die Wege zu den Worten in seinem Gehirn phasenweise immer noch von größeren Brocken blockiert zu sein schienen. Schritt für Schritt musste er die Bahnen in seinen Gehirnwindungen absuchen, bis es ihm gelang, die Buchstaben in der richtigen Reihenfolge mühsam über die Lippen zu bringen. Wenn man ihm jedoch die Zeit ließ, die er brauchte, konnte man durchaus mit ihm kommunizieren und er verstand sehr wohl, worum es bei all dem, das sich um ihn herum ereignete, ging.

Die halbseitige Lähmung war leider irreversibel geblieben. Durch die lange Zeit im Rollstuhl war sein gesamter Bewegungsapparat trotz regelmäßiger Physiotherapie immer mehr versteift, so dass es für alle Beteiligten zusehends anstrengender wurde, ihn aus dem Bett zu hieven und zu mobilisieren.

Dennoch sind die letzten fünf Jahre mit all ihren Schwierigkeiten rückblickend nicht nur schlecht gewesen. Anton merkte, wie sehr sein Vater es genoss, wenn er als Sohn mit Fragen zur Försterei bei ihm Rat suchte.

»Reg ihn mir bloß nicht auf«, war das Gesetz, das seine Mutter Anton gleich zu Beginn eingeimpft hatte. Wenn es nach ihr gegangen wäre, hätte Franz den lieben langen Tag nur seichte Unterhaltung im Fernsehen über sich hinwegrieseln lassen sollen.

Gegen den Widerstand seiner Mutter wandte er sich dennoch häufig an seinen Vater und stellte fest, welch strahlenden Schatz an Erfahrungen Franz in seinem Inneren hütete, der nicht nur auf seine eigenen, sondern noch viel weiter, bis auf die Kenntnisse seiner Urahnen zurückging. Anton empfand es als ein großes Geschenk, sich mit ihm auf eine Reise zu diesen Wissensquellen zu begeben, sich mit ihm, jenseits der Befriedigung von Grundbedürfnissen wie »Hast du Durst?« oder »Kannst du mich auf die Toilette bringen?« zu unterhalten, Fragen, die Anton manchmal sprachlos machten.

Er selbst stellte es sich schrecklich vor, wenn jemand anderer schweigend mit einem Waschlappen mehr oder weniger zartfühlend auf der eigenen Haut herumwischte, doch meist fand er bei der Verrichtung dieser Tätigkeiten nicht die richtigen Worte, um die dabei entstehende Stille zu durchbrechen.

Diese Gedanken an seinen Vater kamen ihm, während er mit einem Tablett in der Hand in der Mensa der Universität stand. Innerhalb von Bruchteilen von

Sekunden wechselten sich tiefe Sorgenfalten, ein kurzes Lächeln und ein wilder Ausdruck von Entschlossenheit auf seinem Gesicht ab. Seine Herausforderin hatte sich ebenfalls erhoben.

»Gib mir einen Grund, einen wirklich triftigen und ich gehe auf diese Party. Ansonsten bitte ich dich, mich weiterhin mein missgebildetes nächtliches Dasein fristen zu lassen«, versuchte er möglichst gewitzt den Ball zu returnieren, auch wenn er das Gefühl hatte, damit zu viel zu riskieren.

»Das ist doch ganz klar. Schon allein um mich zu sehen«, kam die Antwort wie aus der Pistole geschossen, mit der sie Anton schachmatt setzte. Also blieb ihm keine andere Wahl, als auf seine eigene Abschlussfeier als die erste und zugleich letzte Uniparty seines Studentenlebens zu gehen.

Am Abend, an dem die Fete in dem feierlich geschmückten großen Saal der Universität stattfand, begrüßte ihn eben jene junge Frau namens Maja, die ihn raffiniert in diese Falle gelockt hatte, nur kurz, bevor sie sich für den restlichen Abend nicht mehr blicken ließ.

Anton störte dies nicht im Geringsten, wollte er unter keinen Umständen den Eindruck erwecken, er sei tatsächlich nur ihretwegen gekommen. Er sprach mit seinen Studienfreunden, flirtete sogar hie und da ein wenig und bedankte sich bei einigen Dozenten und

Professoren, die ihn in den vergangenen Jahren unterstützt hatten. Es war kein spektakulärer, aber durchaus ein netter Abend und Anton stellte erstaunt fest, dass es für ihn doch wichtig war, dabei zu sein.

Als sich die Feier dem Ende neigte, entdeckte er Maja an der Eingangstür, wie sie aufgebracht mit ihrem Handy haderte. »Hallo, Maja. Was ist denn los?«, fragte er sie ehrlich interessiert.

»Dieses mistige Ding hier funktioniert nicht und ich brauche ein Taxi, sonst komme ich nicht mehr nach Hause«, schimpfte sie, wobei sie ihr Telefon mit einem verächtlichen Blick bedachte.

»Wo wohnst du denn?«, fragte Anton. Dank des gelungenen Abends, dessen Teilnahme er zugegebenermaßen dieser nervtötenden Person vor sich zu verdanken hatte, war er bester Laune.

»Es ist nicht weit von hier, ungefähr drei Kilometer, aber in der Nacht laufe ich ungern allein zu Fuß. Schon gar nicht mit diesen Schuhen.« Die Highheels mit den überaus spitzen Absätzen machten wirklich keinen besonders sportlichen Eindruck. Zudem schien Maja leicht angetrunken zu sein, ein Zustand, der eine enorme Wackelpartie und mehrfach überdehnte Bänder bei einem derartigen Marsch mit diesem Schuhwerk hätte mit sich bringen können.

»Wenn du willst, kann ich dich fahren. Ich bin mit dem Auto hier.« Ohne Auto wäre Anton zu dieser fortgeschrittenen Stunde nicht mehr nach Hause gekommen, waren die Verkehrsverbindungen in seinen ziemlich abgelegenen Heimatort tagsüber schon mehr als dürftig. Nachts waren sie nicht existent.

»Und was, wenn du plötzlich doch zu einem Monster mutierst und mich auffressen willst?«, fragte Maja schnippisch.

»Dann kannst du mich ja immer noch mit deinen Absätzen erdolchen und danach vor jedem prahlen das Untier erlegt zu haben.«

»Du hast noch vergessen, dass der erfolgreiche Jäger als Trostpreis deinen Kopf bekommt.« Es schien ihr sichtliches Vergnügen zu bereiten, ihn aufzuziehen.

»Ganz genau. Mein Kopf ist der Hauptpreis«, konterte Anton, dem das Spielchen ebenfalls allmählich zu gefallen begann.

»Vielleicht wüsste man dann endlich mal, was in ihm vorgeht«, versuchte sie ihn, wenngleich erfolglos, aus der Reserve zu locken.

Während Anton Maja nach Hause fuhr, plapperte diese aufgedreht von den Plänen, die sie jetzt hatte, von ihren verschickten Bewerbungsmappen und dem neuen Leben, das sich vor ihr auftat wie ein großes Bergpanorama, bei dem man nur mit dem Finger auf den nächsten Gipfel zu zeigen brauchte und schon würde man ihn mit Leichtigkeit erklimmen.

Vor der Eingangstür zu dem Apartmenthaus, in dem Maja zusammen mit einer Freundin in einer kleinen Wohnung im zweiten Stock lebte, hielt Anton den

Wagen an und stellte den Motor ab. In dem einen Moment war Maja gerade noch dabei, von ihrer bevorstehenden Trekkingreise zu erzählen, im nächsten hatte er schon ihre Zunge im Mund.

»Sie küsst so, wie sie ist«, dachte sich Anton. »Nicht schlecht, aber irgendwie schießt sie immer ein wenig über das Ziel hinaus.«

Nachdem sie fertig war, löste sie sich von ihm. »Nach dem Abschlussball muss man immer jemanden küssen. Hast du das nicht gewusst?«

»Jetzt weiß ich es.« Seine Worte klangen reservierter, als er es eigentlich beabsichtigt hatte.

»Vielen Dank für die Heimfahrt«, bedankte sie sich unbeeindruckt und hüpfte mit den Schuhen in der Hand aus dem Auto.

»Verrückte«, dachte sich Anton und fuhr davon.

Maries neuer Kurs (erzählt von Anton)

Beim Anblick des sich schier endlos in den Himmel auftürmenden Luxusliners, auf dem ich die nächsten Monate verbringen würde, packte mich jedes Mal aufs Neue eine fast kindliche Vorfreude und Aufregung.

Schon oft war ich als Crew-Mitglied auf Kreuzfahrtschiffen mitgefahren und doch war dieser erste

Tag an Bord, der mir stets so bunt wie alle Regenbogen dieser Welt gebündelt in einen einzigen bombastischen Farbenstrahl vorkam, immer etwas ganz Besonderes. Bislang hatte ich die Entscheidung nie bereut, mich von nun an, losgelöst von festen Wegen und betonierten Straßen, auf dem niemals endenden Auf und Ab des Wassers zu bewegen.

Die Arbeit als Betreuerin der kleinen Feriengäste war anders als das, was ich bislang aus dem Kindergarten kannte. Während der Aufenthalte der Familien ging es vor allem um Entertainment und nicht um Beobachtungsbögen oder Entwicklungsprozesse. Nach einer gewissen Zeit hatte ich mir eine Routine in meinem Entertainmentprogramm erarbeitet und fand durchaus Gefallen daran.

Dieses Mal freute ich mich noch mehr auf meinen Einsatz, denn Ramon und ich hatten die gleiche Tour und konnten die ganze Fahrt über gemeinsam auf dem Schiff arbeiten. Ramon war Stewart, Spanier und wir waren seit neun Monaten ein Paar, nachdem wir uns bei einem gemeinsamen Einsatz auf einer Nordamerika-Kreuzfahrt Knall auf Fall ineinander verliebt hatten.

Durch seine Gegenwart nahm dieses schwimmende Riesengefährt auf einmal Züge von einem Zuhause an, auch wenn es gemäß seiner Bestimmung einem permanenten örtlichen sowie personellen Wechsel unterworfen war.

Das Beste an Ramon war, dass er absolut nichts mit meinem früheren Leben zu tun hatte. Von mir wusste er nur so viel, wie ich ihm erzählen wollte, auch erinnerte er mich weder an vergangene Ereignisse, noch ermahnte er mich zur Rückschau. Aufregend war er und so ganz anders, als die beiden Männer, die ich zuvor in mein Leben gelassen hatte.

Von meinem jetzigen Standpunkt aus betrachtet, kamen mir Ramons Vorgänger und die damit zusammenhängenden Beziehungen überaus anstrengend vor. Mit Ramon hingegen war alles anders, einfacher, leichter, freier.

Taumelnd vor Glück tanzte ich in meine Kabine. Ich war mir sicher, diese Fahrt würde die schönste Zeit meines Lebens werden.

An Vaters Bett (erzählt von Anton)

In der ganzen Zeit, in der Marie beschlossen hatte ihrem Heimatdorf den Rücken zu kehren, hatte sie Vater nur zwei Mal gesehen. Beim ersten Mal ist ihre Mutter anlässlich ihrer Bandscheibenprobleme auf Kur gewesen, beim zweiten Mal hatten die Freundinnen Carola bekniet einem Tapetenwechsel für einen Kurztrip nach Rom zuzustimmen. Demnach waren Mutter und Tochter seit ihrem großen Streit nicht mehr aufeinandergetroffen.

Einige wenige Male war Carola zufällig am Apparat, als Marie anrief, um den Vater zu sprechen, mehr nicht. Nach diesen peinlichen Sekunden an den jeweiligen Hörern war Marie dazu übergegangen, ausschließlich über Antons Handy Kontakt zu halten. Eine Versöhnung zwischen Mutter und Tochter hatte nie stattgefunden, auch hatten die beiden Männer ihrerseits nicht darauf hingewirkt. Andere Dinge hatten im Vordergrund gestanden.

Anton hingegen war mit seiner Mutter mittlerweile durchaus zufrieden. Nach der ersten schweren Zeit, in der sie sich völlig selbst verloren zu haben schien, waren Mutter und Sohn zu einem durchaus tragfähigen Team zusammengewachsen, auch wenn Antons Urvertrauen in sie nie mehr vollständig wiedergekehrt war. Nun aber hatten die äußeren Umstände ein Aufeinandertreffen der beiden Frauen erzwungen.

»Bevor wir zu Papa ins Krankenhaus gehen, müsst ihr euch aussprechen. Ihr könnt nicht am Bett eines todkranken Mannes eure Fehden austragen«, redete Anton seiner Mutter und seiner Schwester eindringlich ins Gewissen. »Das ist keine Bitte, sondern meine Bedingung.«

Marie war erstaunt über das bestimmte Auftreten ihres kleinen Bruders, der in Kindheitstagen niemals eine noch so unbedeutende Entscheidung ohne sie getroffen hätte. Damals hatte er sich mehrmals unsicher nach ihr umgeblickt, ehe er auch nur über einen Zaun gesprungen war. Offensichtlich waren die Karten in letzter Zeit neu gemischt und verteilt worden.

»Bedingung wofür?«, dachte sie sich noch, fand den Zeitpunkt aber nicht geeignet, um nachzufragen.

Über fünf Jahre nach seinem ersten hatte Vater vor Kurzem ein sehr schwerer zweiter Schlaganfall ereilt. Er lag immer noch auf der Intensivstation und war kaum ansprechbar. Kein Arzt konnte absehen, was das nun für sie alle zu bedeuten hatte, ob und wie es im Ernstfall enden würde.

Angesichts dieses dramatischen Ereignisses hatte Anton seine Schwester über die Reederei ausfindig machen lassen. Ohne Umschweife war Marie sofort nach Hause geeilt. Nun saßen die drei Familienmitglieder zum ersten Mal seit so langer Zeit wieder gemeinsam in der Wohnküche.

Marie konnte sich des Gefühls nicht erwehren, sich in einer längst vergangenen Kulisse wiederzufinden. Für einen Moment meinte sie anstelle in ein Flugzeug in eine Zeitmaschine gestiegen zu sein, die sie zurück an diesen Ort verfrachtet hatte.

Ganz selbstverständlich hatte jeder der drei seinen alten Stammplatz eingenommen. Die Mutter saß auf dem Stuhl am Kopf des Tisches, Anton zu ihrer Linken auf der Truhenbank und rechts von ihr Marie auf exakt dem Platz, an dem sie jahrelang Hausaufgaben gemacht, Pfannkuchen gegessen und sich unzählige Male über ungerechte Lehrer und hinterhältige Freundinnen ausgeheult hatte.

Carola blickte zwischen ihren Kindern hin und her. Anton hatte eine äußerst wachsame Haltung eingenommen. Dieses Mal wollte er gewappnet sein, sollten sich die beiden Damen gegenseitig an die Gurgel gehen. Marie war übel und sie konnte sich nur sehr schwer konzentrieren.

»Marie«, versuchte die Mutter zögerlich den Gesprächsfaden aufzunehmen, »du siehst so verändert aus.«

Marie trug die Haare jetzt kürzer und war insgesamt ein bisschen rundlicher geworden.

»Mama, ich ...« Doch weiter kam Marie nicht. Sie sprang auf, stieß dabei ihren Stuhl um, der polternd zu Boden fiel, und rannte zur Toilette.

»Gut, dass hier alles noch am gleichen Ort zu finden ist«, dachte sie sich, während sie das Klopapier abrollte, um sich den Mund abzuwischen nachdem sie sich übergeben hatte. Das war heute schon das dritte Mal.

»Was ist los mit dir? Bist du krank? Dann darfst du auf keinen Fall zu Papa, das könnte ihn umbringen. Wer weiß, was du uns von deinem Schiff alles einschleppst«, kam Carola zeternd ihrer Tochter vor der Toilettentür entgegen.

»Ich bin nicht krank«, wiegelte Marie ab. Auch Anton war jetzt zu den beiden Damen gestoßen. »Ich bin schwanger.«

Leider wohnte selbst dieser freudigen Botschaft nicht mehr die Macht inne, dem Vater zu helfen. Zwei Tage nach Maries Heimkehr starb er, ohne davor noch einmal richtig aufgewacht zu sein. Sein Abschied kam, auch wenn er sich schon lange zuvor angekündigt hatte, für alle dennoch zu unvermittelt. Bis dahin hatten sich Mutter und Tochter, deren Unterhaltung jäh durch Maries Geständnis unterbrochen worden war, immer noch nicht ausgesprochen.

»Beerdigungen sind nichts für Feiglinge«, dachte sich Marie, als ihr Verflossener Markus ihr am Grab ihres Vaters kondolierte.

»Die Familie bittet von Beileidsbekundungen am Grab Abstand zu nehmen«, wollte Marie in der Sterbeanzeige abdrucken lassen, aber Mutter und Anton hatten dies abgelehnt. »Die Leute haben das Bedürfnis, einem die Hand zu geben. Was sollen sie ansonsten auch tun, nachdem sie dem Verstorbenen am offenen Grab ihre letzte Aufwartung gemacht haben?«, hatte die Mutter argumentiert.

Vielleicht hatte sie damit Recht, vielleicht aber wollte sie den anderen Trauergästen auch nur ihren eigenen Schmerz präsentieren. »Die haben auch nichts zu befürchten, die beiden, schließlich haben sie in den letzten Jahren alles richtig gemacht«, dachte Marie, die sich gegen das Bollwerk, bestehend aus Mutter und Sohn, nicht anzureden getraute. Zumal nicht in dieser Situation.

An diesem Abend konnte Anton die Vorstellung nicht ertragen, in seinem eigenen Bett neben dem leeren Zimmer, in dem Vaters Bett nach wie vor geduldig wartend stand, zu schlafen.

Außerdem wollte er weg von den beiden Frauen, die ab sofort den Rest seiner Familie darstellten und deren Gegenwart er im Augenblick als überaus erdrückend empfand. Marie würde sicher bald wieder abreisen und dann könnten Mutter und er weiter überlegen, wie sie mit allem weitermachen wollten. Nie hätte er gedacht, dass ihm die Anwesenheit seiner Schwester einmal derart unangenehm werden könnte.

Um dem Haus samt Insassen zu entfliehen, hatte er Maja, mit der er zwar keine feste Beziehung führte, aber gerne hin und wieder seine Zeit verbrachte, um ein Treffen gebeten. Ab und zu landeten sie auch in ihrem Bett, worauf er in dieser Nacht, in der er durchaus etwas Zuspruch vertragen könnte, insgeheim hoffte. Ohne zurückzublicken, sollten seine Mutter und seine Schwester sich ruhig gegenseitig die Haare ausreißen, wenn sie meinten, ließ er die beiden Frauen allein in dem halbleeren Haus zurück.

Auch Marie fand in dieser Nacht keine Ruhe. Aufgewühlt von der Beerdigung, der ersten Begegnung mit Markus seit ihrer Trennung und dem Gedanken daran, was ihr jetzt alles bevorstand, war sie schlaflos im Haus umhergewandert. Kurz nach Mitternacht traf sie dabei im Wohnzimmer auf ihre Mutter, die, wie selbstverständlich in Vaters Sessel sitzend, auf den Fernseher starrte.

»Mama, kann ich kurz mit dir reden?« Unschlüssig stand Marie neben dem großen Stuhl, in dem Carola nun thronte. Mit einem kurzen Griff nach der Fernbedienung stellte Carola den Ton aus.

»Ich werde übermorgen wieder abreisen. Der Flieger bringt mich nach Hamburg, wo ich direkt wieder an Bord gehen werde«, setzte Marie ihre Mutter ohne weitere einleitende Worte über ihre Pläne in Kenntnis.

»Wie stellst du dir das vor, mit einem Baby auf einem Schiff?«, keifte Carola sie an. »Wo ist überhaupt der dazugehörige Vater? Früher hast du die Dinge immer wohl durchdacht. Jetzt hingegen scheinst du dich nur noch treiben zu lassen.«

Diese Bemerkung saß, spiegelte sie doch Maries größte Sorge wider. Sie war sich dessen bewusst, dass sie nicht mit einem Baby im Schlepptau auf einem Kreuzfahrtschiff arbeiten konnte. Ramon, das hatte er ihr bereits zu verstehen gegeben, würde in jedem Fall weiterhin Stewart bleiben und genau davor hatte sie Angst. Sie zu Hause, wo immer das auch sein mochte, völlig auf sich allein gestellt mit dem Baby, er irgendwo in der Weltgeschichte.

Das würde wochenlange Trennungen bedeuten und sie wusste nur allzu gut, wie die weiblichen Gäste die männlichen Crewmitglieder umgarnten. Irgendwann, nach genügend Stress, Distanz und Babywindeln würde er umfallen, direkt in die Kajüte einer betuchten Dame oder frustrierten Ehefrau in den besten Jahren. Schon jetzt nagte die Eifersucht unaufhörlich an ihr.

Bei dieser Vorstellung verweigerten Maries Beine, die in den letzten Tagen so viel durchgestanden hatten, ihren Dienst. Kraft- und mutlos sackte sie auf das Sofa.

»Ich weiß es nicht, Mama, ich weiß einfach nicht, was werden soll.« Ein Schluchzen begleitete ihre Worte und gewann schließlich die Oberhand. Sie konnte nicht verhindern, obwohl sie es unter allen Umständen hatte vermeiden wollen, dass sie vor ihrer Mutter in Tränen ausbrach. »Und ich bin ganz allein«, würgte sie noch heraus, bevor eine erneute Welle des Schmerzes sie schüttelte.

Heimgesucht von Tränen, die ein ständiges Rinnsal bildeten, saß sie eine lange Weile da, bis sich endlich ein Arm um sie legte. Erschrocken, hatte sie nicht mit einer solchen Zuwendung gerechnet, zuckte sie zusammen. Zunächst konnte sie nicht zuordnen, wem dieser Arm gehörte. Doch dann erinnerte sie sich an ihn. Er war warm und weich. Ganz nah bei sich sah sie ihre Mutter. Ihr Gesicht wirkte unerwartet aufgeräumt und entspannt.

»Marie, ich habe oft zugehört, wie du Anton früher deine bezaubernden Geschichten erzählt, für sie immer wieder neue Ausgänge aus scheinbar ausweglosen Situationen gesucht hast«, begann sie zu sprechen. »Es wimmelte in ihnen nur so von Tieren, heldenhaften Menschen und starken Gegnern. Kannst du dich noch erinnern, von wem diese Freude an den bunten Erzählungen ursprünglich stammte?

Es war dein Vater, der dir, Anton war noch gar nicht geboren, die kühnsten Ideen mittels seiner wilden Märchen und Fabeln in den Kopf setzte. Die alte, verschlissene Hängematte zwischen unseren beiden stärksten Apfelbäumen draußen im Obstgarten war der schaukelnde Zündstoff für eure Flüge in die Welt der Fantasie.

Sie hängt heute noch dort, konnte Papa sich nie dazu entschließen sie abzunehmen, selbst als ihre besten Tage offensichtlich schon lange hinter ihr lagen. Ich beobachtete ihn, wie er sie manchmal von seinem Rollstuhl aus fixierte, und es war mir, als könnte ich all die Bilder und geheimen Buchstaben eurer Erzählungen über sein Gesicht, das nun als Leinwand diente, hinweglaufen sehen. Er hat dich geliebt, seine Kleine.

Du weißt, ich bin eher praktisch veranlagt, mein Kopf ist nicht in den Sternen, reicht er doch nicht einmal bis an die Spitze der Bäume in unserem Garten und meine Füße haben es nie gelernt zu schweben. Trotzdem möchte ich es hier und heute versuchen, dir an seiner Stelle eine Geschichte zu erzählen, so wie er es bestimmt für dich getan hätte, würde er noch unter uns weilen. Ich hoffe, du bist mir dabei gnädig.«

Nach diesen einleitenden Worten erzählte die Mutter zum allerersten Mal ihrer mittlerweile erwachsenen Tochter eine von ihr selbst erfundene Geschichte.

Die Geschichte des riesenhaften Mädchens

»Es war einmal vor langer Zeit, da stieg eine Mutter mit ihrer Tochter, die noch ein Kind war und doch schon bald keines mehr sein würde, auf einen Berg. Oben auf der Spitze des Berges befand sich eine kleine Ansammlung von Häusern mitsamt einer winzigen Kirche, die sich gemeinsam in einer malerisch anmutenden Bewegung um den Gipfel wanden.

Die Bewohner selbst waren nicht gerade groß gewachsen, um nicht zu sagen richtiggehend klein waren sie. Sie lebten in reizenden einstöckigen Häuschen, deren Fassaden sie mit furchteinflößenden Drachen und Ungeheuern bemalten. ›Zum Schutz‹, gaben sie zur Antwort, wenn sie nach dem Grund für diese ungestümen Wandbilder gefragt wurden. Ansonsten schwiegen sie sich aber darüber aus, gegen wen oder was genau sie sich auf diese Weise besser gewappnet fühlten.

Im Tal kursierten die wildesten Gerüchte über die Gefahren, die am Gipfel des Berges lauerten. Es hieß, die kleinen Leutchen wollten mit Hilfe der aufgemalten wilden Kreaturen die riesigen Greifvögel, die allerdings noch nie jemand vom Fuß des Berges aus zu Gesicht bekommen hatte, abwehren. Man vermutete, die winzigen Menschen hätten Angst davor, von deren Klauen ergriffen und zu ihrem Horst verschleppt zu werden, wo sie mit Sicherheit als Futter für die Jungen geendet wären.

Das Innere der Behausungen war jeweils überaus verwinkelt. Klitzekleine Zimmer wurden durch zahllose Gänge und hochgezogene Mauern zusätzlich in mehrfache Einzelteile fragmentiert und schienen dabei endlos ineinander überzugehen. Mit einer Menge von Dingen angefüllt wirkten die Räume einladend und verwirrend zugleich. Weder ein anderer Gipfelbewohner, geschweige denn Fremde aus dem Tal hatten jemals eine Chance, sich in ihnen zurechtzufinden, gehorchte doch jedes Haus seinen eigenen Gesetzmäßigkeiten, die einzig und allein seinem jeweiligen Besitzer bekannt waren.

Ab und an erklommen also Mutter und Tochter den Berg, um einer alten Bekannten, die in einem der bunten Häuser lebte, frische Eier und Milch aus dem Tal zu bringen, denn sie vertrug die Milch, welche die Bergziegen gaben, nicht und liebte die großen, braunen Eier, die ihre wachtelartigen Hühnchen nicht zu legen vermochten. Per Brief hatte sie deshalb ihre Freundin im Tal ersucht, ihr die frischen Lebensmittel zu besorgen.

Das Mädchen war wie immer fasziniert von der niedrigen Eingangstür, an der sie sich jedes Mal absichtlich den Kopf stieß, und faltete mit Freude ihre Beine unter dem Tisch in der Wohnstube der Gipfelbewohnerin mehrfach zusammen, um überhaupt Platz nehmen zu können. Kinder lebten hier oben keine oder, falls doch, waren sie wahrscheinlich zu klein, als dass man sie mit bloßem Auge hätte erkennen können, so dass das Mädchen nichts weiter zu tun hatte, als das Innere des Hauses zu betrachten, während die beiden Frauen sich miteinander unterhielten.

Unzählige Schnitzereien verschiedenster Tiere schmückten den Raum, ein präparierter Fuchs und ein ausgestopfter Dachs schienen einander zu beschnuppern und waren stehend so hoch wie die halbe Wand. Woher die Mutter die kleingewachsene alte Dame kannte und ob diese schon seit jeher in diesem Häuschen wohnte, wusste die Tochter nicht.

Am späteren Nachmittag hörten sie aus einem der hinteren Räume den Ruf eines hölzernen Kuckucks aus einem scheinbar unendlich langen Gang vier Mal hervorschallen. Das damit einhergehende Echo bewegte sich vor und zurück, vermischte sich immer wieder neu mit seinem eigenen Klang, so dass der Eindruck entstand, als würde die Uhr ihrer eigenen Zeit hinterherlaufen.

Für die Mutter war dies der Zeitpunkt aufzubrechen. Als sich Mutter und Tochter gleichzeitig erhoben, stießen sie mit ihren Köpfen gegen die niedrige

Lampe, die über dem Tisch angebracht war. Ihre schmerzenden Stellen reibend, machten sie sich auf den Rückweg.

Schaute man vom Gipfel des Berges hinab, konnte man den verschlungenen Weg, der ins Tal hinunterführte, ganz klar vor sich liegen sehen. Viele Male zuvor hatten die beiden den Weg bei ihrem Abstieg zusammen schon entwirrt.

Auch heute gingen sie, mit der Gewissheit, bald in ihrem Heimatdorf anzukommen, kräftigen Schrittes los. Sie freuten sich darauf, wieder auf großen Stühlen zu sitzen und sich in langen Betten ausstrecken zu können. Doch dieses Mal gestaltete sich der Heimweg anders.

Erst war die Veränderung kaum merklich, handelte es sich nur um wenige Millimeter, die sich aber mit jedem Schritt bergab aufeinander addierten, um sich schließlich zu mehreren Zentimetern aufzutürmen. Das Mädchen wuchs in rasender Geschwindigkeit, man konnte es mit bloßem Auge erkennen. Bald reichte es der Mutter bis zu den Schultern, dann waren die beiden mit einem Mal gleich groß.

Nach einer Weile kamen sie zu einer Weggabelung, an der die Mutter zielsicher den rechten Weg einschlug. ›Halt, Mama!‹, rief die Tochter, die nun bei Weitem kein Mädchen mehr war.

›Was ist, Kind? Bin ich dir zu schnell, kannst du nicht mehr?‹, fragte die Mutter in leicht gereiztem Ton, ohne auch nur mit einer Silbe auf den immensen

Größenzuwachs ihrer Tochter einzugehen. Ob ihr deren Veränderung überhaupt auffiel, ließ sich von ihrem Gesicht nicht ablesen.

›Oh doch, Mama, ich bin groß und kräftig. Aber du nimmst den falschen Weg. Wir müssen hier entlang‹, bemerkte das Mädchen und zeigte nach links.

›Nein, da irrst du dich‹, erwiderte die Mutter beharrlich. ›Ich kenne den Weg, der uns nach Hause führt, in- und auswendig.‹

Die Tochter jedoch, welche ihre Mutter mittlerweile um eine Handbreite überragte, ließ sich nicht beirren. Auch schienen ihre Stimmbänder entsprechend mitgewachsen zu sein. Ihre Stimme wirkte nicht nur tiefer, sondern auch die expandierte Lunge stellte ihr mit einem Mal mehr Luft zur Verfügung, so dass sie ihre Worte viel lauter und nachdrücklicher als zuvor aussprechen konnte.

Freilich bemerkte die Mutter nun, dass sich die Tochter verändert hatte, aber sie hätte es nicht an etwas Speziellem festmachen können. Das offensichtliche Wachstum der letzten Stunden ging ungesehen an ihren Augen vorüber. Sie fand es nur unangenehmer, irgendwie bedrohlicher, ihr eigen Fleisch und Blut.

Die beiden gerieten miteinander in einen unerbittlichen Streit. Keine von ihnen war bereit von ihrer Wegplanung abzuweichen und sie würden sich wohl bis zum heutigen Tage gegenseitig Unfähigkeit, Dummheit und Undankbarkeit an den Kopf werfen, hätte nicht die Dämmerung sie daran erinnert, dass es allmählich Zeit wurde weiterzugehen.

In der Dunkelheit, das wussten sie beide, wurden die Wege zu einem undurchdringlichen Geflecht. Es kursierten Gerüchte über schakalartige Raubtiere und rotäugige Hirsche mit äußerst spitzen Riesengeweihen, die ihren Speiseplan vorzugsweise auf rohes Fleisch jeglicher Art umgestellt hatten.

Wäre es das Beste gewesen, Mutter und Tochter hätten sich angesichts der drohenden Gefahr geeinigt? Jeder ehrliche Erzähler, der seine Aufgabe ernst nimmt, muss wohl zugeben, dass er es nicht weiß, es niemals wissen kann. Auch wenn er die Handlung und deren Stränge verfasst, so ist er doch niemals allwissend.

Kurzum, die Tochter, die nun schon auf die Größe eines der Häuser aus dem Gipfeldorf herangewachsen war, und die Mutter nahmen ab hier getrennte Wege. Stur wie eine jede von ihnen war, trennten sie sich kurz vor der anbrechenden Nacht. Die Mutter schaute der Tochter beinahe trotzig noch einen kurzen Moment hinterher, wie sie ihren Pfad einschlug.

Dann drehte sie sich selbst um und marschierte los. In jedem Fall vor der Tochter zu Hause zu sein, lautete nun ihr erklärtes Ziel, galt es doch, unter allen Umständen Recht zu behalten. Während sie sich auf den ersten Metern darüber freute, was für ein Einfaches es doch wäre, diese Schlacht zu gewinnen, knallte ihr förmlich wie aus dem Nichts etwas von rechts mit voller Wucht gegen den Kopf.

›So muss sich die Keule eines Riesen anfühlen‹, dachte sie sich noch. Dann stürzte sie benommen zu Boden.

Nach diesem Angriff brauchte sie eine geraume Weile, um sich wieder aufzurappeln. Erstaunlicherweise waren die Schmerzen, die der immense Schlag im ersten Moment verursacht hatte, mit einem Mal wie weggeblasen. Auch schien sie nirgends zu bluten oder sonst einen Schaden davongetragen zu haben, nur ihr rechtes Knie, auf das sie gefallen war, tat beim Abwinkeln ein wenig weh. Von einem Angreifer fehlte jede Spur.

Vorsichtig richtete sie sich wieder auf, um ihren Weg fortzusetzen. Obwohl sie sich uneingeschränkt bewegen konnte, war irgendetwas Entscheidendes deutlich anders. Sie sah zwar alles um sich herum wie immer und konnte doch irgendwie nicht richtig sehen. Zudem schienen von rechts keine Geräusche mehr zu kommen.

Ihre Hände tasteten ihren Kopf ab, erst behutsam, dann ängstlich, schließlich von Panik erfüllt. Voll Entsetzen erkannte sie nun, was nicht stimmte. Irgendjemand oder irgendetwas hatte ihr rechtes Auge und ihr rechtes Ohr gestohlen, herausgerissen, mitgenommen.

Wie von Sinnen taumelte sie stöhnend und wimmernd drauflos und rief weinend um Hilfe.

Ein Bauer, der mit seinem Traktor bis spät abends auf seinen Feldern am Fuße des Berges unterwegs gewesen ist, hörte ihre gequälten Rufe, fand sie schließlich, lud sie auf und brachte sie nach Hause.

Als sie endlich daheim ankam, war ihre Tochter noch nicht da. Die Mutter war aufgelöst, sie selbst verunstaltet ohne Auge und Ohr, die Tochter verloren irgendwo da draußen. Erst jetzt begriff sie langsam, was alles geschehen war.

Der Vater versuchte sie zu beruhigen: ›Unsere Tochter ist mutig und stark. Wenn du sie nur genug liebst, so wie ich das tue, dann wird sie ihren Weg zurück gewiss finden.‹

Viele Jahre vergingen daraufhin, in denen das ehemalige Mädchen nicht wiederkehrte.

In der Zwischenzeit irrte die Tochter, die sich nun zu einem stattlichen Riesen ausgewachsen hatte, in diesem Durcheinander aus Wegen und Straßen auf dem Berg umher. Verzweifelt versuchte sie die Weggabelung, an der sie sich von der Mutter einst getrennt hatte, wieder aufzuspüren. Von dort aus hoffte sie den Weg nach Hause zu finden.

Es dauerte viele Tage und Nächte, bis sie die Stelle wiederentdeckte, unfähig zu beurteilen, ob sie nicht vorher schon etliche Male an ihr vorübergegangen war. An diesem für sie schicksalhaften Ort erblickte sie nun ein Männlein, das dort im Schneidersitz auf dem Boden saß und genüsslich seine Brotzeit vertilgte.

›Du hast aber lange gebraucht, bis du wieder hier warst‹, sprach das Männlein sie unvermittelt an.

›Entschuldigung, kennen wir uns?‹ Die Tochter war verwirrt. Zu viele merkwürdige Dinge waren in den vergangenen langen Tagen und Nächten geschehen.

Sie hatte die blutrünstigen Hirsche gesehen, die zu ihrem Glück vor ihrer Größe Angst hatten und sich deshalb nicht in ihre Nähe wagten. Zu ihrem Entsetzen hatte sie beobachten müssen, wie sich diese majestätischen Tiere mit ihren Geweihen gegenseitig erdolchten, sobald sich ihnen die mörderische Gelegenheit dazu bot.

Die berüchtigten Schakale existierten ebenfalls leibhaftig. Einen von ihnen hatte sie mit ihren riesigen Pranken am Schwanz gepackt und, mit ihren muskulösen Armen kräftig ausholend, in einen etliche Höhenmeter talabwärts befindlichen kleinen See befördert, als er sich offensichtlich auf den Weg gemacht hatte, das Bergdorf zu überfallen.

›Du kennst mich nicht, aber ich kenne dich‹, tat das Männlein geheimnisvoll. ›Ich saß wie an jedem Tag meines Lebens exakt an diesem Flecken Erde hier, als ihr, deine Mutter und du, voneinander geschieden seid. Ihr hingegen habt mich nicht gesehen. Unglücklicherweise habt ihr mich auch nicht gehört, denn ich wollte euch dringend warnen.‹

›Warnen wovor? Von den Hirschen und Schakalen wussten wir.‹

Selbstgefällig schüttelte der Wicht den Kopf. ›Aber nein, das sind harmlose Wesen im Gegensatz zu dem, wovor ich euch habe beschützen wollen.‹ Er sah sich vielsagend um, bevor er mit gesenkter Stimme weitersprach.

›Diese Weggabelung ist verwunschen. Kommt man an ihr oder über sie in Streit und gelingt es den beiden Parteien nicht, sich zu einigen, so beginnt einer der beiden Streithähne ins Endlose zu wachsen und auch der andere wird das Ganze gewiss nicht heil überstehen.‹

›Aber so erkläre mir dann eines. Ich wurde doch schon größer und größer mit jedem Meter, den wir den Berg herabstiegen, noch lange bevor wir überhaupt hier ankamen‹, wollte sich das Mädchen mit dieser hanebüchenen Erklärung nicht ohne Weiteres zufriedengeben.

›Von dem Moment an, als ihr beim Hinaufgehen zum ersten Mal hier vorbeigekommen seid, erkannte der Zauber dieses Ortes, dass ihr euch beim Heruntergehen überwerfen würdet. Dein übermäßiges Wachstum, das bereits in dem Moment einsetzte, als ihr euch oben im Dorf zum Rückweg entschlossen hattet, sollte euch eine letzte Chance bieten, um zu erkennen, dass etwas nicht stimmte und ihr innerlich umkehren solltet.

Leider habt ihr beide diese Möglichkeit nicht genutzt. Du schwiegst dich aus über deine längeren Beine und größeren Hände und deine Mutter konnte die Veränderung nicht einmal erkennen. Ihr Blick war durch ihre eigenen Gedanken verstellt und so kam alles, wie es gekommen ist.‹

Das Mädchen von einst, das inzwischen nicht einmal mehr einer Frau mit monströsen Ausmaßen, sondern vielmehr einem Riesen glich, wollte wissen, warum dieser Ort verwunschen war.

Als habe dieses seltsame Wesen nur auf diese eine Frage gewartet, antwortete es ihr bereitwillig: ›Mit Sicherheit ist dir aufgefallen, dass die Leute oben auf dem Berg alle sehr klein sind. Der Grund dafür ist, dass auch sie allesamt genau hier an diesem Punkt in meiner Gegenwart verzaubert wurden, nur mit dem Unterschied, dass sie nicht beständig wuchsen wie du, sondern im Gegenteil kontinuierlich schrumpften.

Ein solches Schicksal ereilt vor allem höchst unversöhnliche Menschen, die nicht vergeben wollen. Also wurden sie alle äußerlich klein, so wie sich ihre Herzen innerlich immer enger zusammenzogen. Auch zu ihnen sprach ich, um ihnen den Weg zu weisen, auf dem sie wieder groß werden, den Zauber aufheben könnten. Doch keiner von ihnen hörte mich oder wollte mich hören.

Wie dem auch sei, in jedem Fall verschenkten sie diese Gelegenheit. Als sie nach einiger Zeit erkannten, dass für sie kein Wachstum mehr möglich sein würde, sie wohl für immer klein bleiben oder vielleicht sogar noch kleiner werden würden, rotteten sie sich zusammen, um unter ihresgleichen zu leben. Nur als Kleiner unter Kleinen wurden sie nicht ständig an ihr eigenes Unglück erinnert. Es fiel ihnen nicht mehr so auf, wie es ihnen ansonsten als vereinzelten Winzlingen unter Normalgroßen ergangen wäre.

Also wohnen sie nun gemeinsam auf dem Gipfel, weil sie dort in aller Abgeschiedenheit unter sich sind. Außerdem kommen sie sich so hoch oben über allen anderen wenigstens ein bisschen größer, erhabener vor. Wo diejenigen sind, denen es so erging wie dir, wirst du dich nun gewiss fragen. Natürlich bist du nicht die Erste, die hier zum Riesen wurde, aber diese überdimensional großen Menschen haben sich eher zu Einzelgängern entwickelt, schon allein, weil sie so viel Platz brauchen. Zudem leben alle, die ich von deiner Sorte kenne, sehr zurückgezogen.

Für die Riesen besteht aber meines Wissens durch das Wachstum immer die Hoffnung, sich erneut auf eine normale Größe zu entwickeln. Das Wachsen hilft ihnen in alle Richtungen, kann auch innerlich geschehen und ihnen helfen ihre Konflikte zu überwinden.‹

›Aber warum ist genau dieser Flecken, an dem die zwei Wege sich scheiden, verzaubert?‹, wollte das riesige Mädchen wissen.

›Wenn du meinst, ich erzähle dir jetzt von verbannten Hexen und übermächtigen Zauberern, die sich in einem letzten Aufbäumen ihrer Macht eben hier noch in einem schrecklichen Fluch ein Denkmal setzen wollten, so muss ich dich enttäuschen.

Die Menschen haben sich diesen neuralgischen Knotenpunkt, der seine Kraft aus den Energien der Erde speist, mit der Absicht, sich immer wieder selbst erneut auf die Probe zu stellen, vor langer Zeit selbst ausgesucht. Es ging ihnen dabei einzig und allein um die Möglichkeit, sich dadurch persönlich weiterzuentwickeln, und nicht darum, eines Anderen Schwäche sichtbar zu machen. All diese hehren Wünsche nach innerem Wachstum und die Fähigkeit zur Erkenntnis sind in jedem von euch vorhanden, angelegt in eurem bloßen Menschsein.

Die anderen Kreaturen beneiden euch um eure großen Emotionen, allein um dieses gigantische Gefühl der Liebe, selbst um die inneren Höllenqualen, die ihr manchmal ihretwegen erleiden müsst. Welches Huhn wird schon von einem anderen beweint, nachdem es auf dem Teller gelandet ist?‹

›Die seltsamen Tiere, die hier nachts Angst und Schrecken verbreiten, sie sind auch verwunschen‹, mutmaßte das Mädchen.

›Da liegst du richtig. Bei ihnen handelt es sich ebenfalls um verwandelte Menschen. Diese haben es allerdings besonders schwer, zu ihrer ursprünglichen Gestalt zurückzukehren, weil sie zusätzlich zu der zu bewältigenden Aufgabe, die in ihrer Person angelegt ist, noch ihren animalischen Trieben unterworfen sind. Sich gegen all dies zu erwehren, erscheint meist unlösbar.‹

Das Riesenmädchen dachte nach. ›Ich habe nie zuvor von einem derartigen Ort gehört. Kein Betroffener hat uns anderen jemals davon erzählt.‹

›Somit hast du gerade eben eine erste zentrale Lektion gelernt. Von den wirklich wichtigen Dingen im Leben erlangt man immer erst genau in dem Augenblick Kenntnis, in dem man sie am eigenen Leib erfährt‹, erklärte das Männlein.

Das überdimensionierte Mädchen ließ sich nieder, was nicht so einfach war, musste es erst noch lernen, wie es mit seinen langen Armen und Beinen umzugehen hatte. ›Du sagtest, auch meine Mutter habe Schaden davongetragen‹, erkundigte es sich sichtlich besorgt.

›Ja.‹ Das Männlein sog weithin hörbar die Luft ein. ›Sie hat es hart getroffen. Ein Stück des Weges abwärts hat sie ein Auge und ein Ohr verloren. Sie dachte, das Ohr sei ihr von einem Riesen abgeschlagen worden und das Auge wäre dabei mit herausgefallen, aber in Wahrheit war es der gleiche Zauber, der auch dich traf und wachsen ließ. Ihre Lektion heißt nun von Neuem hören und sehen zu lehren.‹

›Was soll ich bloß tun?‹, fragte das Mädchen.

›Suche, was deine Mutter verloren hat, und bringe es ihr wieder, wobei dein Weg zurück unbedingt entlang deiner eigenen Wünsche ausgerichtet sein muss. Nur so kannst du wieder schrumpfen und deiner Mutter ihr Auge und ihr Ohr eines Tages als Geschenk überreichen. Dein junges Herz ist noch rein und weit genug geöffnet, um euer beider Verletzungen zu heilen. Der Zauber wird dadurch restlos gelöst sein.‹ Mit diesen rätselhaften Worten schickte das Männlein sie erneut auf die Reise.

Es verging eine lange Zeit, in der das Mädchen, das vollends zum Riesen geworden war, suchend durch die Welt eilte und die Mutter vor Sorge um ihr Kind verging.

Nach vielen Jahren klopfte ein Riese an die Türe des Hauses, in dem einst Vater, Mutter und Tochter gemeinsam gelebt hatten. Die Mutter erschrak, als sie ihm öffnete, doch ließ sie ihn trotzdem eintreten, denn sie hatte das seltsame Gefühl, es sei ihre Pflicht. Ihr Kind erkannte sie in der Gestalt nicht.

Der Riese musste sich auf allen vieren niederknien, um sich unter dem Türstock hindurch ins Haus zu zwängen. Sie gab ihm zu essen und der Vater fragte ihn, ob er nicht nach Arbeit suche, jemanden Großen und Starken wie ihn könne er schon gebrauchen. Mit einem Handschlag wurde das Vorhaben besiegelt.

Ohne weiteres großes Aufsehen blieb der Riese und lebte von nun an bei den beiden. Er durfte das Zimmer der verschollenen Tochter beziehen, wobei er sich nicht in ihr Bett zu legen traute, das für seine Ausmaße viel zu kurz war. Stattdessen legte er sich quer über den Kinderzimmerboden, um zumindest mit angewinkelten Beinen einigermaßen bequem schlafen zu können.

Das mittlerweile auf dem Berg wiedergefundene Auge und Ohr der Mutter verwahrte der Riese in einem sicheren Versteck unter den lockeren Bodenbrettern des Schuppens, das er schon früher verwendet hatte, als er noch ein Mädchen gewesen ist. Er hatte das unbestimmte Gefühl, dass noch nicht der richtige Zeitpunkt gekommen war, um es zurückzugeben.

Während die Tage und Wochen vor sich hinplätscherten, geschah etwas Merkwürdiges. Zuerst von allen gänzlich unbemerkt, nach einer gewissen Zeit aber deutlich sichtbar, schien der Riese zu schrumpfen. Mit jedem Lächeln, das er aussandte, jeder freundlichen Geste, die ihm zuteilwurde, verlor er an Zentimetern, bis er schließlich nur noch so groß wie eine durchschnittliche Frau war. Gleichzeitig wurde sein Gesicht schmaler und nahm feinere Züge an.

Da endlich erkannte die Mutter das Gesicht der Tochter wieder und umarmte ihr Kind erfüllt von Dankbarkeit.

›Mama, ich bin heimgekehrt, um dir dein Auge und dein Ohr, die ich beide auf dem Weg gefunden habe, zurückzubringen. Du musst sie in einer der Abzweigungen talabwärts verloren haben. Sie lagen wie achtlos weggeworfen in einer Nische und doch scheinen sie vollkommen unversehrt. Sieh da, dein Auge ist trotz der langen Zeit immer noch feucht.‹ Feierlich hielt die nun junge Frau ihrer Mutter den mitgebrachten Schatz entgegen.

Diese konnte kaum glauben wie ihr geschah. Mit zitternden Händen setzte sie ihr verlorengeglaubtes Auge in die leere Höhle ein, das sofort tadellos saß. Danach steckte sie sich ihr Ohr an, das hörte, als wäre es nie woanders gewesen.

Die Tochter sprach weiter: ›Außerdem möchte ich dir noch ein weiteres Augen- und Ohrenpaar schenken, die jetzt gerade in meinem Bauch an einem kleinen Kopf heranwachsen. Sie gehören jemand anderem, aber durch sie wirst du die Welt wieder bunter sehen und neue, fröhlichere Töne hören.‹

Die Mutter war froh über die Rückkehr der Tochter, doch hatte sie Schwierigkeiten, ihre Empfindungen dieser gegenüber zum Ausdruck zu bringen. Die harten Jahre mit den Sorgen um das vermisste Kind lasteten noch schwer auf ihrer Seele. Hoffentlich wusste ihre Tochter auch ohne viele Worte, dass dieses Zuhause für immer auch das ihrige sein würde.«

Es fehlte nur noch der Satz »und wenn sie nicht gestorben« sind, dann leben sie noch heute«, aber den brachte Carola unter den gegebenen Umständen nicht über die Lippen.

Maries Glitzern in den Augen signalisiert, dass Anton dieses letzte Kapitel nun schließen kann. Er hat seinen Part zu Ende erzählt. Die Uhr zeigt weit nach Mitternacht.

Kapitel 7: Franz nimmt Einfluss

Inmitten dieser besonderen Nacht der Geschichten erwacht Franz. Nicht sanft aus einem Traum, um dann entspannt wieder zurückzusinken, sondern mit einem Paukenschlag. Hat irgendwo ein Wecker geklingelt?

Ein Blick auf die Digitaluhr neben seinem Bett zeigt ihm, dass es kurz nach drei Uhr morgens ist. Um diese Uhrzeit stellte sich doch keiner seiner Familienmitglieder einen Wecker.

Carola kann er nicht wie früher einfach kurz anstoßen und fragen, ob sie auch etwas gehört hat, denn er liegt allein in seinem neuen Zimmer in dem Pflegebett, das sie ihm besorgt haben. Wenn es nötig werden würde, konnte man es sogar mit Gittern aufrüsten, aber das braucht er nicht, noch nicht.

Es wäre auch sinnlos, nach seiner Frau zu rufen, denn seit einigen Wochen nimmt sie, wenn auch unregelmäßig, ein mittelstarkes Schlafmittel. »Gegen die Zukunftsängste in der Nacht«, hatte sie neulich zu einer Bekannten am Telefon gesagt, als sie dachte, er säße im Rollstuhl vor dem Wohnzimmerfenster fest, aber Rollstühle haben die Eigenart, sich bewegen zu lassen, auch wenn sich das einhändig und einbeinig etwas mühsam gestaltet. Es ärgert Franz maßlos, dass er mit seiner rechten Körperhälfte nach wie vor nicht viel anfangen kann.

Auf einmal glaubt er zu wissen, was ihn geweckt hat. Das Geräusch glich einem Klirren, es musste irgendwo etwas kaputtgegangen sein. Vielleicht hatte eines der Kinder in der Nacht Durst bekommen und dann aus Versehen, mit nackten Füßen auf dem steinernen Küchenboden stehend, ein Glas fallen lassen. Zwar ist die fortgeschrittene Uhrzeit dafür eher untypisch, wenngleich es sich nicht gänzlich ausschließen lässt.

Die Unsicherheit darüber, was und ob überhaupt etwas vor sich geht, lässt Franz keine Ruhe. Ein Gedanke, dessen ist er sich sicher, fehlt ihm noch. Er weiß ganz bestimmt, dass er noch nicht alles bedacht hat. Seit seinem Schlaganfall lassen die Einfälle manchmal etwas auf sich warten, die Verbindungen in seinem Kopf brauchen eindeutig länger, um sich zu vernetzen und eine tragfähige Leitung aufzubauen.

Ganz langsam aber schafft es der Gedanke an die Oberfläche, schält sich heraus und lässt sich nicht mehr wegschieben. Was, wenn es eine Scheibe, gar das Küchenfenster war, die eingeschlagen wurde? Was, wenn sich ein Einbrecher, Mörder oder Vergewaltiger im Haus befindet?

In diesem Moment könnte dieser Verbrecher schon seinen Fuß auf die ersten Treppenstufen setzen, um Schritt für Schritt in den ersten Stock zu gelangen. Die Zimmertüren würden sich für ihn widerstandslos öffnen lassen und einer nach dem anderen wären sie ihm schutzlos ausgeliefert. Franz wäre als Letzter dran, denn sein Zimmer ist das hinterste am Gang.

Er muss etwas tun. Mehr denn je braucht seine Familie in dieser dunklen Stunde seinen Schutz. Verwunderlich nur, dass sein treuester Freund Oskar nicht angeschlagen hat. Laut zu rufen wagt Franz nicht, befürchtet er seine Familie damit zu wecken und sie ihrem möglichen Peiniger damit direkt in die Arme zu treiben.

Eilig knipst er seine Nachttischlampe an und blickt suchend auf die linke Seite seines Bettes. »Wo ist nur dieser verdammte Rollstuhl?« Carola hat ihren Mann am Abend zuvor ins Bett gebracht. Meist stellt sie das unhandliche Ding für die Nacht direkt neben seinem Bett ab.

Wahrscheinlich wollte sie ihm damit eine reelle Überlebenschance zugestehen, falls einmal ein Feuer im Haus ausbrach und sie in ihrem künstlich eingeleiteten, tiefen Schlaf ohnehin schon genügend Kohlenmonoxid eingeatmet hatte, um sich still und heimlich aus der Affäre zu ziehen. Mit diesem rollenden Ungetüm an seiner Seite würde er wenigstens versuchen können zu fliehen, obwohl sie ihn noch nie ohne Unterstützung hatte ein- oder aussteigen sehen.

Heute Abend hat sie den Rollstuhl etwa in der Mitte auf der linken, also seiner guten Seite geparkt, was sein Vorhaben für Franz überhaupt erst denkbar macht, denn allein über die gelähmte rechte Körperhälfte auszusteigen, wäre für ihn schlichtweg unmöglich. Zugegebenermaßen ist er auch noch nie über die linke, noch funktionsfähige Seite eigenständig aus dem Bett gekommen, sind bislang stets helfende Hände zur Stelle gewesen. Zumindest steht sein wichtigstes Fortbewegungsmittel heute direkt am Bett und wurde nicht ordentlich in der Zimmerecke neben dem Schrank aufgeräumt, wie Marie es gerne machte, als ginge es hier um ein unsinniges Stillleben.

Per Knopfdruck fährt er das Kopfteil seines multifunktionalen Pflegebettes in eine aufrechte Position und zieht sich zusätzlich mit seiner linken Hand an dem herunterbaumelnden Galgen nach oben. Aus dieser veränderten Lage heraus, die ihm einen viel besseren Überblick verschafft, greift er nach dem Rollstuhl neben sich. Zu seiner großen Erleichterung stellt er fest, dass die Bremsen eingerastet sind und das Seitenteil noch vom abendlichen Umsetzen nach unten geklappt ist.

Unter einer enormen Anstrengung beginnt er sich ächzend hinüber auf die Sitzfläche zu ziehen. Schweißgebadet hält er immer wieder kurz inne und ermahnt sich selbst dazu, leise zu sein. Sein Blut macht ihn, wie es so überaus lebendig durch seinen Körper jagt, hellwach.

Da, erneute Geräusche. Waren das Schritte oder das Quietschen von Türen, die hinter einem möglichen Grauen geschlossen wurden?

Es dauert eine halbe Ewigkeit, bis Franz es geschafft hat, sich endgültig in den Rollstuhl zu verfrachten. Immer wieder muss er das unbewegliche Bein mit der gesunden Hand Zentimeter für Zentimeter nachziehen, um voranzukommen.

Mit einem Fuß und einer Hand kommt er, das hat er schon ein paar Mal geübt, in seinem Rollstuhl durchaus eigenständig voran. Vorsichtig öffnet er seine Zimmertür. Der Gang liegt im Dunkeln. Er biegt um die Ecke und rollt, so leise es geht, den Flur entlang. Auch mit verbundenen Augen würde er sich in jedem einzelnen Winkel, an jeder noch so kleinen Stolperstelle zielsicher zurechtfinden, lebt er schließlich in und mit diesem Haus, seit es ihn gibt.

»Ich will kein Gefangener meiner eigenen vier Wände sein«, meldet sich nicht zum ersten Mal eine arge Befürchtung in ihm zu Wort. Im Moment ist er gewiss keiner. Überaus vorsichtig schiebt sich Franz an Carolas, Antons und Maries Zimmern vorbei. Alles scheint ruhig zu sein, auch wenn er die Türen nicht öffnet, um sich mit eigenen Augen von dem Frieden zu überzeugen. Er will keine Zeit verlieren.

Am Treppenabsatz angelangt sieht er, dass aus der Wohnküche Licht dringt. Die Tür scheint einen spaltbreit geöffnet zu sein. Allmählich beginnt Franz an seiner Theorie zu zweifeln. Wäre ein Einbrecher tatsächlich so dreist, sich Licht zu machen, während er die Küchenschubladen durchwühlte? Um Gewissheit zu erlangen, muss er trotzdem nachsehen.

Nun erwartet ihn der schwierigste Teil. Die Stufen kann Franz nur mit Hilfe des Treppenlifts bezwingen. Bei dem spärlichen Licht allein auf die Plattform zu rollen traut er sich zu, doch die Geräusche, die er dabei verursachen wird, bereiten ihm Kopfzerbrechen.

Es bleibt ihm keine Wahl. Als Franz nach einem langwierigen Manöver mit seinem Rollstuhl auf dem surrenden Lift nach unten fährt, denkt er sich entgeistert: »Was mache ich nur, wenn ich den Eindringling stelle? Ich bin nicht einmal bewaffnet.« Er als Jäger niedergestreckt in seinem eigenen Haus, den abgesperrten Schrank voller Waffen, das wäre der Tragödie krönender Schlussakkord.

Dann geht alles Knall auf Fall. Franz öffnet die Küchentür und schiebt sich so schnell es ihm möglich ist in die Mitte des Raumes hinein. Seine einzige Chance, den Eindringling in die Flucht zu schlagen, so hat er es sich zumindest ausgemalt, ist es, ihn zu verschrecken.

Marie, die zu diesem Zeitpunkt an der Spüle steht, lässt angesichts des völlig unerwarteten Auftauchens ihres Vaters krachend ihre halbvolle Teetasse fallen, deren roter Rest an Hagebuttentee sich spritzend über die Fliesen und den unteren Bereich des Spülschrankes verteilt.

Erschrocken springt Anton auf. »Papa, wie kommst du denn hierher?« Es ist ihm unerklärlich, wie sein in allen Belangen des täglichen Lebens merklich eingeschränkter Vater sich wie aus dem Nichts hatte an sie heranpirschen können. Offensichtlich hatte er ihn unterschätzt.

Franz, der nicht weiß, was hier vor sich geht, wendet sich ebenfalls sichtlich irritiert an seine Kinder. »Warum seid ihr nicht im Bett?«, fordert er zwar mühsam sprechend, aber durchaus bestimmt eine Erklärung.

»Wir haben uns unterhalten«, stammelt Anton.

»Über was?«

Anton ist vollkommen überfordert. Marie springt ihm zur Seite. »Papa, wie bist du aus dem Bett gekommen? Ist Mama auch wach?«

»Ich bin allein«, antwortet Franz kurzatmig. Die ungewohnte Beanspruchung seines Körpers während der vergangenen Minuten fordert allmählich ihren Tribut. Darüber hinaus strengt ihn seine verzögerte Sprechweise, die ihn zusätzlich innerlich lähmt, unglaublich an. »Ich bin aufgewacht, weil ich etwas gehört habe. Ich dachte, ein Einbrecher wäre im Haus.«

»Warum hast du uns denn nicht gerufen?«, will Marie entgeistert wissen.

»Ich wollte euch nicht in Gefahr bringen. Habt ihr denn nichts gehört?«

»Vielleicht hast du mein Handy klingeln hören. Vorhin hat mich Bernd mehr als angeheitert angerufen, weil er mich überreden wollte, dass ich noch mit auf irgendeine Party komme. Du kennst doch den Verrückten.« Obwohl Anton die Wahrheit sagt, schämt er sich, weil seine Erklärung in gewisser Weise nichts anderes als eine feige Ausrede ist.

»Um wie viel Uhr war das?«, hakt Franz nach.

»So gegen drei«, antwortet Anton wahrheitsgemäß.

Einen Augenblick rechnet Franz nach. »Schöne Freunde hast du«, kommentiert er die Aussage seines Sohnes abfällig. Der Einbrecher löst sich in Luft auf und doch spürt Franz, dass er nach wie vor innerlich aufgeheizt ist, ohne genau erklären zu können, weshalb. Die Anspannung in ihm macht keiner Erleichterung Platz. Hinter all dem verbirgt sich spürbar mehr, als ein Handyklingelton.

Während der Vorgänge in der Küche sitzt Carola auf dem Rand der Badewanne im oberen Stockwerk. Seit über einer Woche leidet sie unter einer schmerzhaften Blasenentzündung, die sie trotz chemischer Einschlafhilfe nachts zum Aufstehen zwingt. Sie kann sich nicht erinnern, ob sie ihrem Mann und den Kindern etwas davon erzählt hat. Immer öfter bleiben zwischen den unzähligen Handgriffen und technisch anmutenden Absprachen im Tagesverlauf keine Worte für sie selbst mehr übrig.

Zu allem Überfluss ist sie aus lauter Erschöpfung und Müdigkeit vorhin vollkommen verschlafen mit dem Kopf gegen den Badschrank gerumpelt. Maries geliebter Handspiegel ging dabei zu Boden und brach helltönend auf den Fliesen entzwei.

Als sie gerade die Scherben wegräumen wollte, hörte sie Franz, wie er mit dem Rollstuhl den Gang entlangfuhr. Dieses Geräusch der rollenden Räder und des nachschiebenden Beines war unverwechselbar. Reflexartig, als gelte es, unter keinen Umständen bei etwas streng Verbotenem ertappt zu werden, löschte sie das Licht.

Die Badezimmertür nur angelehnt, konnte sie, so gut es ihr die relative Dunkelheit erlaubte, von dort aus einen Teil des Flurs beobachten. »Was macht er nur?«, fragte sie sich, erstaunt darüber, dass er es offenbar allein aus dem Bett geschafft hatte.

Seitdem er mit dem Lift hinunter ins Erdgeschoss gefahren ist, sind schon einige Minuten vergangen. Unbewegt sitzt Carola seitdem im Bad, um zu warten, bis ihr Mann wieder nach oben kommt und in sein Bett geht. Heimlich will sie zusehen, wie er diese Mammutaufgabe ohne Frau und Kinder bewerkstelligt.

Kann er das nur nachts, erwachsen ihm Superkräfte im Mondschein? Schlafwandelt er und vergisst darüber all seine Gebrechen? Vielleicht, so beginnt sie zu hoffen, kehren seine Fähigkeiten doch wieder. Der

Gedanke, dass er das Haus gar verlassen, ihr, den Kindern und seinem jetzigen Leben den Rücken kehren wollte, kommt ihr in den Sinn. Wo aber hätte er in seinem Zustand hingehen sollen?

In der Küche wird es in der Zwischenzeit immer enger. »Papa, komm, wir bringen dich wieder ins Bett. Es ist alles in Ordnung.« Anton will den Rollstuhl umdrehen und mitsamt dem Vater wieder zur Tür hinausmanövrieren.

»Lass das. Ich will wissen, was hier los ist.« Energisch blockiert Franz zunächst mit der linken und dann mit der rechten Bremse die Reifen.

Obwohl es für Anton ein Leichtes wäre, sie wieder zu lösen, traut er sich nicht von hinten nach vorne über seinen Vater hinwegzugreifen. Irgendetwas wird hier unweigerlich gleich passieren und er will nicht derjenige sein, der die Bombe zündet. Als wolle er sich nicht die Finger verbrennen, lässt Anton die Griffe des Rollstuhls los und bleibt unschlüssig und mit einem fragenden Blick in Richtung seiner Schwester stehen.

Er ist so unvorstellbar müde. Die ganze Nacht über hat er verschiedene Leben wie im Zeitraffer durchhechelt, in denen er in einem blitzartigen und kräfteraubenden Wechsel die gesamte Palette aller denkbaren Gefühle einmal durchexerzieren musste.

Franz hingegen erlebt sich gerade zurückversetzt in Zeiten der Kraft und Stärke. »Setzt euch!«, befiehlt

er seinen beiden erwachsenen Kindern unmissverständlich. Widerstandslos gehorchen sie ihm. Dann
beginnt er sein Verhör: »Was macht ihr hier mitten in
der Nacht? Plant ihr schon meine Beerdigung?«

Er weiß, dass er ungerecht ist, denn keines seiner
Kinder hatte sich seit dem Schlaganfall ihm gegenüber in irgendeiner Form respektlos verhalten, und
doch spürt er, dass diese Eintracht nicht ewig so weitergehen kann. Er selbst kann sie kaum ertragen, diese
Selbstlosigkeit, mit der sie sich um ihn kümmern und
für die er ihnen auf der anderen Seite so überaus dankbar ist.

»In Ordnung, wenn du es unbedingt wissen willst.
Wir haben uns gemeinsam überlegt, wie das alles weitergehen soll. Wir wollen dich nicht im Stich lassen,
Papa, aber wir werden auch nicht beide auf ewig bleiben können«, wagt Marie sich mit der Wahrheit nach
vorne. Obgleich sie mutig diesen ersten Schritt macht,
möchte sie tief in ihrem Herzen auf keinen Fall zu viel
riskieren.

In der Zwischenzeit hat sich Carola auf Zehenspit-
zen vom Bad bis an den Rand des oberen Treppenab-
satzes geschlichen. Der altbekannte Klang der Stimmen, die aus der Küche zu ihr durchdringen, beruhigt
sie. Oben auf der Treppe sitzend, Kopf und Oberköper
behutsam an das Geländer gelehnt, lauscht sie ihnen,
ohne wirklich etwas verstehen zu wollen.

Die Reste des zerbrochenen Spiegels hält sie nach wie vor in der Hand, als wohnte ihnen irgendeine Beweiskraft inne. Von ihrem rechten Zeigefinger tropft ein klein wenig Blut.

Franz begreift, dass seine Kinder in der Küche die ganze Nacht lang über ihn, sein und ihr Leben verhandelt haben. Es ist auch eine gehörige Portion Scham, die gepaart mit Wut über die gesamten Umstände in ihm die Zornesröte aufsteigen lässt. »Ich habe nichts von euch verlangt, gar nichts«, platzt es aus ihm heraus.

»Das wissen wir«, hat Marie das Bedürfnis, seine Worte umgehend zu bestätigen.

Franz erinnert sich zurück, wie es bei seinen Eltern war. Sein Vater erschien ihm durch die harte Arbeit als Bauer, die damals ohne viele der modernen Maschinen noch um einiges schwerer war, unglaublich stark geworden zu sein. Von seiner Statur her war er zwar kein Riese, aber er war kräftig mit den Muskeln und dem Körperbau eines Ringers. Auch sein Kiefer war breit entschlossen und wirkte überaus energisch. Bis ins hohe Alter hatte er im Wald die Bäume mit der Axt zum Teil noch eigenständig gefällt.

Franz konnte sich selbst als erwachsener Mann jederzeit an ihn wenden, wenn er einen Rat suchte oder seine Hilfe brauchte. Sein Vater starb hochbetagt von einem Tag auf den anderen an Herzversagen. Ohne großen Firlefanz war auf einmal Schluss.

Seine Mutter konnte sich ab einem gewissen Alter leider nicht an einer vergleichbar stabilen Natur erfreuen. Sie hatte Probleme mit dem Herzen, manchmal machten ihr die unterschiedlichen Ansammlungen von Wasser in ihrem Körper schwer zu schaffen. Nahm sie ihre Wassertabletten und vergaß dabei ordentlich zu trinken, verlor sie innerhalb kürzester Zeit die geistige Orientierung. Man konnte förmlich dabei zusehen, wie ihr Gehirn immer mehr zu einer unwirtlichen Wüste austrocknete und jegliche Mitarbeit verweigerte. Nahm sie die Tabletten allerdings aus diesem Grunde nicht, hatte man das Gefühl, Sturzbäche an reinem Quellwasser würden aus ihren Beinen heraus- und an ihnen herunterlaufen.

Schlussendlich starb sie einige Zeit vor dem Vater, aber auch sie war nie ein richtiger oder gar schwerer Pflegefall. Wenn ihr gesundheitlicher Zustand ab und an doch eine größere Unterstützung in den täglichen Verrichtungen notwendig machte, kam ihre Schwester aus dem Nachbardorf und brachte alles wieder auf Vordermann. Schwungvoll tanzte sie mit dem Staubwedel durch das Haus, bezog die Betten frisch und wusch Berge von Wäsche.

Nie hatte Franz seinem Vater oder seiner Mutter das Essen in kleine Bissen schneiden, die Socken anziehen, geschweige denn ihnen beim Waschen helfen müssen. Um ehrlich zu sein wusste er schlichtweg nicht, wie es war, seinen alten, kranken Vater zu pflegen, der nie mehr so sein würde wie früher.

»Wir haben uns überlegt, wer von uns beiden bleibt und wer geht«, unterbricht Anton die Gedankengänge seines Vaters. Er hat das Gefühl, auch einen Teil der Geschichte zugeben zu müssen, um seiner Schwester nicht in den Rücken zu fallen.

Aufgeregt schnappt Franz nach Luft und schüttelt dabei energisch den Kopf. Offenkundig möchte er seinen Kindern etwas mitteilen, aber die Buchstaben der Wörter, die nicht mehr so recht über seine Lippen wollen, haben sich vollkommen ineinander verhakt.

»Langsam, Papa«, möchte Marie ihren Vater beschwichtigen, ein Versuch allerdings, der leider seine Wirkung verfehlt.

Hochkonzentriert setzt Franz nach einer Weile erneut an: »Ihr wisst, ich kann nicht schnell sprechen. Ich suche die Worte, sie kommen nicht heraus. Ich möchte euch etwas erzählen, aber ich brauche Zeit.«

Stumm nickend signalisieren ihm seine beiden Kinder ihre Bereitschaft, ihn geduldig anzuhören. Außerordentlich bedacht beginnt der Vater mit gesenkter Stimme zu reden:

»Mir wurden zwei Kinder geschenkt, ihr beide.« Nach jedem Satz macht er eine Weile lang Pause. »Voll Freude seid ihr über den Hof gelaufen. Im Wald habt ihr die Pflanzen gehegt und gepflegt, mit Nüssen die Eichhörnchen angelockt. Die Bäume habt ihr geliebt. Wo konnte man besser verstecken spielen? Die kleinen Kinder, sie wurden groß und jetzt seid ihr hier.«

Auch wenn Franz keine zwei gesunden Hände mehr hat, um seiner Tochter und seinem Sohn jeweils eine davon auf die Schulter zu legen, können sie diese Geste von seinen Augen ablesen.

»Ich will nicht, dass ihr meinetwegen bleibt. Ich will auch nicht, dass ihr meinetwegen geht.«

Minutenlang sagt keiner einen Ton. Der Raum ist erfüllt von jedem einzelnen dieser mit Sorgfalt ausgesprochenen Laute, von denen niemand wagt, sie durch die eigenen zu verunstalten.

»Anton, hilf mir bitte ins Bett«, wendet sich Franz schließlich völlig erschöpft an Anton. Bewusst wählt er seinen Sohn für diese Aufgabe aus, weil er weiß, dass dieser jetzt, während er ihn ins Schlafzimmer bringt, mit Sicherheit schweigen wird. Heute bedarf es keiner weiteren Worte, sieht er sich selbst ebenfalls außer Stande noch mehr dergleichen hervorzubringen.

Als Franz und Anton die Küche verlassen, sitzt Carola mit geschlossenen Augen, noch immer ans Geländer gelehnt, oben an der Treppe.

»Mama, was machst du denn da?«, fragt Anton sie erstaunt. Das ganze Haus inklusive dessen Bewohner scheint heute Nacht Kopf zu stehen. Anscheinend schläft der Hund heute draußen, sonst hätte er sich längst blicken lassen.

Die Anrede lässt Carola aufschrecken. Im ersten Moment kann sie nicht zuordnen, wo sie sich befindet und was sich zugetragen hat. War überhaupt etwas passiert? Verwirrt blickt sie auf das kaputte Glas in ihren Händen.

»Irgendetwas war mit Maries Spiegel«, kommt es ihr in den Sinn. So nebensächlich diese Tatsache auch sein mag, gibt ihr diese Erinnerung dennoch einen tröstlichen Orientierungspunkt. »Ich habe Maries Spiegel zerbrochen«, erklärt sie den Anwesenden und hält ihnen dessen Reste entgegen, als wäre damit alles gesagt.

Marie ist mittlerweile bei ihr auf der Treppe angelangt. »Das ist doch nicht schlimm, Mama«, beschwichtigt sie ihre eigene Mutter in dem gleichen Tonfall, in dem man ein Kind beruhigt, das sich soeben das Knie gestoßen hat. Zugegebenermaßen wirkt Carola in diesem Augenblick äußerst schutzbedürftig.

Als Anton seine Mutter mit dem zerschlagenen Glas in der Hand sieht, wird ihm augenblicklich bewusst, wie der Zufall heute Nacht eines zum anderen geführt hat.

Kapitel 8: Die dritte Variante der Geschichte:

Marie und Anton verlassen den Hof (erzählt von Marie)

Die intensiven Gefühle der vergangenen, mit erfundenen, zukünftigen Leben angefüllten Nacht lassen sich nur schwer in den nächsten Tag hineinretten. Zu grell scheint das Sonnenlicht, um darunter die erzählten Möglichkeiten noch einmal genauer zu betrachten. Dennoch, die Worte, die vorweggenommenen Taten, wirken abwechselnd in den Köpfen der Geschwister nach.

Zwei Abende später, bis dahin hatten sich die beiden kaum gesehen oder vielleicht auch nicht sehen wollen, wagt Anton sich vor und klopft bei Marie. Als habe sie die ganze Zeit über dahinter gelauert, reißt sie ihre Zimmertür blitzschnell auf und zieht ihn zu sich herein, ganz so, als gewährte sie etwas Geheimem Unterschlupf, das es unter allen Umständen vor den Augen der Welt zu verstecken gilt.

»Was ist denn mit dir los?«, wundert sich Anton, sichtlich irritiert über ihr impulsives Verhalten.

»Wir treffen uns später im Café Puck, dann besprechen wir alles Weitere«, raunt Marie ihm verschwörerisch zu, bevor sie ihn mit einer geschickten Drehung wieder zur Tür hinausschiebt.

Ein paar Stunden später verlassen die beiden kurz hintereinander das Haus. Als Anton in dem seinem Geschmack nach viel zu schlecht beleuchteten Lokal eintrifft, erwartet ihn seine Schwester bereits. Sie sitzt in der hintersten Ecke am Fenster an einem Tisch für vier Personen und macht ihn wild gestikulierend auf sich aufmerksam.

Er hat das unbestimmte Gefühl, sie habe schon damit begonnen, ihn zu sich zu winken, lange bevor er das Café überhaupt betreten hat. Langsam geht er auf sie zu und hängt seine Jacke betont gewissenhaft an den dafür vorgesehenen Haken, bevor er endlich mit äußerst gemischten Gefühlen ihr gegenüber Platz nimmt.

»Mach dich ein bisschen breiter«, weist Marie ihn an. »Dann kann sich keiner mehr zu uns setzen. Nicht, dass sich nachher noch ein Pärchen mit an unseren Tisch drängt.« Sie wirkt furchtbar aufgekratzt, ganz so, als befände sie sich auf irgendeiner verdeckten Mission. Unruhig rutscht sie mit ihrem Sitzkissen auf der glatten Oberfläche der Holzbank hin und her, bis Anton ihrer Aufforderung Folge leistet.

»Ich würde sagen, heute bringen wir die Sache zu Ende«, fällt sie unvermittelt mit der Tür ins Haus, während ihr Bruder zunächst die Getränkekarte in die Hand nimmt.

»Welche Sache?«, tappt er erstaunt im Dunkeln.

»Wir haben noch nicht alle Geschichten fertig erzählt. Es fehlt zum einen noch die Version, in der wir beide den Hof verlassen, und zum anderen das Szenario, in dem wir uns beide dazu entschließen zu bleiben«, erklärt sie ihm in geschäftigem Ton die vor ihnen liegende Aufgabe.

Anton versteht nicht, was sie von ihm will. »Papa hat uns vorgestern Nacht die Erlaubnis erteilt, frei und unvorbelastet über unser Leben zu entscheiden. Wir können alle beide gehen, wohin wir wollen. Er wird uns nicht im Weg stehen.«

»Und warum bist du dann immer noch da? Ich habe dich noch nicht Koffer packen sehen«, kontert sie beinahe zynisch. Auch wenn Marie nicht die Absicht hegt, ihren Bruder mit diesen schnippischen Fragen vorzuführen, hört es sich für ihn exakt so an.

»Unser Gespräch ist erst zwei Tage her«, versucht er sie sich vom Leib zu halten. Er scheut sich davor, ihr zu beweisen, wie konkret seine Überlegungen bereits ausgereift sind.

»Siehst du und deshalb machen wir jetzt genau da weiter, wo wir in der Küche aufgehört haben.« Ihr Entschluss, dieses Vorhaben, ungeachtet seiner Einwände, durchzuziehen, steht offensichtlich fest.

»Marie, ich weiß nicht, was das noch ändern soll«, versucht Anton ihr erneut die Stirn zu bieten.

»Gut, dann fange ich an, denn Papa hat uns schließlich auch nicht verboten zu bleiben«, wischt sie seinen letzten Einwurf schlichtweg vom Tisch. Augenscheinlich ist sie entschlossen genug, das Ruder für sie beide in die Hand zu nehmen.

Die Geschwister gehen fort (erzählt von Marie)

Die Suche danach, wohin sie gehen sollten, die Wahl eines geeigneten Ortes, stellte für die Geschwister nicht das eigentliche Problem dar. Die zentrale Frage war eher nach dem Wie.

Würden ihre Herzen leicht und ihre Köpfe offen sein und bleiben, sobald sie diesen Weg einschlugen? Oder wäre es eher ein gemischtes Gefühl, das sie mit sich nehmen würden, ohne dabei von der enormen Last, die sie seit langem trugen, wirklich befreit zu werden?

Der Vater hatte sie freigegeben, vielleicht sogar noch mehr, sie freigesetzt, an jenem Abend, an dem er über seine verbliebenen Kräfte hinausgewachsen war. Allein hatte er seine Familie vor dem großen Unbekannten beschützen wollen, der sie in seiner Vorstellung alle auf einen Schlag hätte auslöschen können.

»Wie aufgebracht, beinahe misstrauisch Papa gewesen ist, als er uns beide mitten in der Nacht in der Küche sitzen sah, als planten wir ein Komplott. Er hört wohl immer noch wie ein Luchs«, fasste Anton die Ereignisse jenes Abends zusammen.

Marie beschloss ihn erst gar nicht mit ihrer typischen Erklärung, die Dinge hätten immer einen Grund, zu konfrontieren, wusste sie genau, dass er diese bedeutungsschwangeren Auslegungen nicht ausstehen konnte. Für ihn waren solche überhöhten

Interpretationen von Begebenheiten irgendwo zwischen Mittelalter und Esoterik anzusiedeln.

Nach dieser Nacht jedenfalls beschlossen beide den Hof und damit gleichbedeutend ihre Eltern zu verlassen, zogen aber, um nicht gänzlich verloren zu gehen, in die gleiche Stadt, in der auch Maries Freund Markus zu der Zeit noch studierte.

Marie konnte, wie sie es schon die ganzen Jahre über geplant hatte, bei ihrem Freund unterkommen. Für Anton fanden sie ein kleines Zimmer in einem Studentenwohnheim. Er ging zur Universität und verdiente sich nebenbei etwas Geld als Aushilfe an einer Tankstelle.

Die Wochen vergingen. Zunächst verbrachte Anton des Öfteren seine Abende bei seiner Schwester und ihrem Freund. Die Mitstudenten im Wohnheim waren zwar nett, auch besuchte er einige rauschende Partys, dennoch blieb er zunächst ein wenig außen vor.

Manchmal beschlich ihn ein eigenartiges Gefühl, als wäre er ein Fremdkörper in dieser neuen Welt, der er sich zwar durchaus anpassen konnte, in der er dennoch immer ein sperriges Ding im Gefüge blieb. Gleichzeitig hatte er Angst vor zu viel Assimilation, vor der Gefahr, sich ab einem gewissen Zeitpunkt nicht mehr als unversehrtes Ganzes aus der Masse herauslösen zu können. Womöglich würden danach einige Teile von ihm fehlen, noch mehr, als ihm ohnehin bereits schmerzhaft abhandengekommen waren, als er sein Zuhause verlassen hatte. Einen weiteren Verlust konnte und wollte er nicht riskieren.

In Maries Gegenwart war das anders. Bei ihr, so spürte er, konnte er so sein, wie er war, ohne dass sie irgendetwas von ihm wollte oder er sich dazu verpflichtet fühlen musste, ihr etwas zu geben. Leider hatte Anton die Rechnung ohne den Wirt, der in diesem Fall Markus hieß, gemacht.

Als Anton immer häufiger anstatt seltener, wie es der natürliche Verlauf der Eingewöhnung hätte vermuten lassen, zum Teil bis zu drei, vier, fünf Mal in der Woche bei seiner Schwester vor der Tür stand, um sie mit seinen großen Augen schweigend um Asyl zu bitten, versuchte Markus auf seine Freundin einzuwirken.

»Du weißt, wie sehr ich deinen Bruder mag, aber ich hatte gehofft, wir hätten mehr Zeit miteinander, wenn wir endlich zusammenleben. Jetzt sieht es allerdings so aus, als ob ich mit einem Geschwisterpaar in einer keuschen Dreier-WG wohne«, beschwerte sich Markus vorwurfsvoll bei seiner Freundin.

Bis zu einem gewissen Punkt verstand Marie ihren Freund durchaus, aber sie konnte ihrem Bruder unmöglich in den Rücken fallen. Hätte sie Anton den Zutritt verweigern sollen? Wenn er wirklich ihr Freund war, musste er ihren inneren Zwiespalt doch eigentlich verstehen. Eine unaufhaltsame Wut, die, wie sie aus Erfahrung wusste, durchaus grausam werden konnte, stieg langsam in ihr auf.

»Ich habe Anton mit in die Stadt genommen, mit zu dir. Soll ich ihn jetzt etwa fallen lassen?«, fragte sie noch einigermaßen beherrscht. Dabei dachte sie sich: »Er hat doch eben erst Vater und Mutter verloren.«

»Na hör mal«, konterte Markus sichtlich erregt. »Er ist freiwillig ausgezogen, um in der Stadt zu studieren. Es wäre für ihn längt an der Zeit, sich neue Freunde ...«

An diesem Punkt wird Marie in ihrer Erzählung jäh unterbrochen. »Was wollt ihr denn trinken?« Die Bedienung des Cafés ist an Antons und Maries Tisch gekommen, um ihre Bestellung aufzunehmen. Anton nimmt ein Bier, doch seine Schwester ist noch nicht zurück aus ihrem selbstkreierten Universum.

»Marie, was möchtest du bestellen?«, spricht er sie laut und deutlich an.

»Ach so, ja«, Marie spürt die harte Kante der Holzbank unter sich. Erst jetzt nimmt sie die Karte, die neben einem dezent flackernden Teelicht vor ihr auf dem Tisch steht, wahr. »Ich möchte bitte nur ein Wasser. Oder warte, doch lieber eine Weißweinschorle.«

Sie kommt sich ganz verloren vor, so unvermittelt herauskatapultiert aus der Welt, die sie gerade im Begriff war zu erbauen. Die Wege, die anfingen sich vor ihr in voller epischer Breite mit ihren denkbaren und undenkbaren Windungen auszubreiten, muss sie jetzt erneut zusammensuchen. Einbußen, so befürchtet sie, dabei nicht ausgeschlossen.

»Warten wir, bis die Bedienung mit unseren Getränken zurückkommt. Ich möchte nicht noch einmal aus meinem Erzählfluss herausgerissen werden«, schlägt Marie vor. Ungeduldig lehnt sie sich nach vorne, während sie weiter in ihrem eigenen Gedankenlabyrinth herumspaziert. Dabei bemerkt sie nicht, wie unwohl sich ihr Bruder die ganze Zeit über fühlt.

Seiner Empfindung nach hat Marie ihn gewaltsam verschleppt, nicht in eine fremde Stadt zu ihrem Freund wie in ihrer frisch angerissenen Geschichte, sondern an diesen Ort, an dem sie meint bestimmen zu können, was nun weiter geschehen soll. »Lass uns zurückfahren, Marie. Ich möchte lieber nach Hause«, fasst Anton sich ein Herz.

»Aber warum?« Marie versteht nicht, aus welchem Grund. »Du weißt selbst, dass man dort nicht offen sprechen kann. Hier hingegen haben wir die Gelegenheit, alles zu Ende zu bringen.«

»Wenn ich ehrlich sein soll, dann ist meine Entscheidung bereits vor zwei Tagen gefallen«, eröffnet Anton Marie, die ihn ungläubig anstarrt. »Ich werde mich um einen Studienplatz bemühen, falls möglich in einer nahe gelegenen Stadt, ansonsten gehe ich auch woanders hin. Ich brauche mir nichts Grundsätzliches mehr zu überlegen. Für mich geht das in Ordnung.«

»Und was heißt das für mich?«, fragt Marie sichtlich mitgenommen. Seine Worte haben für sie die Ähnlichkeit mit einem Geständnis, das anzuhören sie noch nicht bereit ist.

Beinahe beschämt wendet Anton seinen Blick von ihr ab, als er antwortet. »Das weiß ich nicht.«

»Was wäre denn das Problem daran, wenn du mir nur diesen einen Abend lang noch weiter zuhörst, auch wenn für dich alle Fragen bereits geklärt zu sein scheinen? Du musst doch nur hier sitzen, mehr verlange ich nicht«, bettelt sie ihn an, sich ihr nur noch ein kleines Stück des Weges als ihr Publikum zur Verfügung zu stellen.

»Es tut mir leid, aber du weißt nicht, was das für mich bedeutet. Vor deinen Worten kann ich mich nicht verschließen. Es ist unmöglich, deinen Geschichten zu lauschen, ohne dass sie mich ergreifen. Jeder Satz deiner Erzählung geht in meinen Kopf, jede heraufbeschworene Traurigkeit lastet ab sofort wie ein Stein auf meinem Herzen, jede mögliche zukünftige Freude ersehne ich schon jetzt herbei. Die Ängste und Erwartungen, sie fressen sich langsam in meinen Kopf wie Rost in Eisen. Irgendwann sind sie so eng miteinander verbunden, dass es ihnen nicht mehr gelingt, sich voneinander zu lösen. Manchmal entstehen in einem dadurch Löcher, die sich mit nichts Neuem mehr auffüllen lassen.«

Nach einer kurzen Atempause, während der Anton sich fahrig durch die Haare geht, fährt er fort. »Ich will frei sein, wenn ich gehe, nicht befreit von jeglichen Verpflichtungen, aber frei in der Erwartung dessen, was kommen mag. Unvorbelastet von vorweggenommenen Gedanken und Erzählungen. Kannst du das nicht verstehen?«, schließt Anton seine Erklärung, in der Hoffnung, dass Marie seine Weigerung zumindest im Ansatz nachvollziehen kann.

»Warum siehst du im Gegensatz zu mir so klar? Ich schwimme und strample und weiß nicht, wo ich meinen Fuß verankern kann, bin unfähig zu erkennen, ob es für mich in diesen Turbulenzen besser auf- oder abzutauchen gilt?«, wendet sich Marie sichtlich verzweifelt an ihren Bruder. »Was ist die richtige Entscheidung, wo ist der beste Platz in diesem Karussell der Möglichkeiten, in dem einige Gondeln schon nicht mehr betretbar erscheinen?«

Anton muss gestehen, dass er seine Schwester noch nie so aufgelöst erlebt hat, selbst dann nicht, als sie den Vater nach diesem unsäglichen Schlaganfall zum ersten Mal im Krankenhaus besucht hatten.

»Soll ich die Entscheidung für dich treffen?«, bietet er ihr ehrlich gemeint seine Hilfe an.

Mit deutlich ermatteter Stimme fragt Marie nach: »Wie würde sie denn aussehen, deine Wahl für mich?«

»Zieh zu Markus, probiere es aus, was hast du schon zu verlieren?«, schlägt Anton das seiner Meinung nach Naheliegende vor.

Doch Marie gibt sich damit nicht zufrieden. »Und was ist dann mit Papa?«

»Dann bleib«, gibt Anton lapidar zurück. Er denkt nicht im Traum daran, sich erneut in ihr ewiges Für und Wider hineinziehen zu lassen.

»Aber ich ...«

»Um ehrlich zu sein, bin ich mir nicht mehr sicher, ob deine Zweifel, dieses Hin und Her noch etwas mit Papas Zustand zu tun haben«, unterbricht er sie. Allmählich kommt ihm der Verdacht, dass sie den Vater nur vorschiebt, ihre Unfähigkeit sich zu etwas zu entschließen in ihm die beste Entschuldigung findet. Die Frage, wo seine starke, große Schwester geblieben ist, stellt er sich heute zum ersten Mal.

Am Ende geht Anton fort und Marie bleibt, ohne eine Entscheidung zu treffen.

Zeitfracht Medien GmbH
Ferdinand-Jühlke-Straße 7
99095 Erfurt, Deutschland
produktsicherheit@kolibri360.de